D1618193

# NOUS SOMMES
## TOUS
## DES PRISONNIERS

# DU MEME AUTEUR

*A la Librairie Plon :*

UN PRÊTRE DANS LES TEMPÊTES

MES 800 JOURS A L'HÔPITAL

POUR UNE BREBIS PERDUE
(en collaboration avec Magdeleine Verrier)

*A la Librairie Académique Perrin :*

J'ÉTAIS AUMÔNIER A FRESNES

UN PRISONNIER NOMMÉ JÉSUS

LA PAROISSE
(en collaboration avec Denise Aimé-Azam)

PÈRE JEAN POPOT

# NOUS SOMMES TOUS DES PRISONNIERS

PLON

© Librairie Plon, 1980
ISBN 2-259-00561-6

# INTRODUCTION

*Tout le monde aujourd'hui dénonce la violence, cette violence qui insulte, provoque, saccage tout sur son passage. Elle détruit pour détruire. Elle tue pour le plaisir de tuer. Devant cette violence, les honnêtes gens prennent peur au point qu'ils tirent à leur tour au moindre bruit insolite dans la nuit : un père tue son enfant ; un autre sa femme à qui il avait recommandé de ne pas hésiter à se servir de son revolver lorsqu'il était absent.*

*Est-ce donc une solution de répondre à la violence par la violence ?*

*Pourquoi, dans ce monde où l'homme n'attend plus rien en dehors de lui-même, vouloir imposer ainsi aux autres des gestes, des idées ou des vues qu'ils n'acceptent pas ? Pourquoi, de la sorte, nous transformer les uns et les autres en prisonniers à qui la liberté de penser par nous-mêmes est ôtée par la force ?*

*Depuis leur naissance, les hommes attendent,*

*sans toujours savoir quoi ; enfant, adolescent ou vieillard, faute d'un Libérateur en qui ils ne croient plus, aspirent inconsciemment à découvrir celui qui leur apportera joie et bonheur.*

*Et la vie passe, marquée par des attentes diverses, souvent insatisfaites : l'enfant cherche le sourire réconfortant de sa mère ; l'adolescent celui qui comblera son cœur de tendresse ; l'homme, plus tard, trouvera sa force dans la compréhension de sa compagne. Mais il arrivera un moment où, avec l'âge, l'attente de la fin pourra devenir terrifiante si l'on ne croit toujours à rien.*

*Dans ce cas, pourquoi combattre à longueur de jours ? Pourquoi vivre ?*

*Moi le premier, je cesserais de lutter si je n'étais pas convaincu que le grand départ m'apportera la vraie liberté.*

*Alors, au soir de ma vie, après des milliers de rencontres au cours d'un ministère passionnant, après des joies profondes et de très grandes souffrances, je me propose dans ces quelques notes de raconter mes expériences. Puissent-elles aider à libérer certains esprits qui supportent mal notre monde sans amour.*

# I

## IL Y A PRISONNIER ET PRISONNIER

En 1940, la France a compté, en un mois de guerre, deux millions et demi de prisonniers ; puis, par les déportations pendant l'Occupation, cent cinquante mille holocaustes et, après la Libération, plus de victimes que durant toute la Révolution.

Le drame d'Algérie ne tarda pas à ajouter de nouveaux martyrs : soldats, officiers et généraux, qu'on « avait compris » et encouragés. Nombreux sont donc ceux qui connaissent ces hauts murs de prison qui abritent aussi des tueurs, des « casseurs » pour lesquels certains réclament la mort tandis que d'autres leur souhaitent des permissions.

J'ai été moi-même prisonnier de guerre pendant trois ans et demi. La vie alors n'avait rien de comparable avec celle des déportés. Cependant, là non plus, il ne fallait jamais démissionner pour ne pas être totalement perdu. A mon retour de captivité, je portais, comme tant d'autres, la petite broche qu'on nous offrait : un fil de fer barbelé.

13

Et je me souviens qu'un jour, dans le métro, je fus pris à partie par un inconnu : « Ah ! vous voilà fier de porter cet insigne ? »

Certes, j'en étais fier. Je répondis donc paisiblement : « Je l'ai obtenu parce que j'avais une mission à accomplir et que je l'ai accomplie jusqu'au bout... sans f... le camp comme tant d'autres ! »

En effet, seul agent de liaison dans les derniers jours de guerre, attaché au 42ᵉ corps d'armée, j'ai pris part à la résistance inutile de Toul. C'est d'ailleurs pour cette raison que le 20 juin 1965 on me fit l'honneur de m'inviter à prendre la parole devant les anciens du 227ᵉ régiment d'infanterie dans la cathédrale de Toul.

Je m'exprimai ainsi : « Paraphrasant les paroles de saint Paul, je m'autorise à vous dire : anciens du 227ᵉ d'infanterie, vous avez été recrutés dans notre Bourgogne, moi aussi je suis un enfant de cette terre si riche. Vous avez vécu sur la position fortifiée à l'est et à l'ouest de Metz, moi aussi ; à Audun-le-Roman, frontière du Luxembourg, moi aussi. Vous avez fait cette pénible retraite et la grande résistance devant Toul, moi aussi. Et, tous prisonniers, nous avons subi le long calvaire jusqu'à Saint-Michel.

« Vous avez toujours espéré, pleins d'idéal et de foi, moi aussi ; et c'est pourquoi nous sommes heureux de nous retrouver ici en action de grâces et en souvenir de tant de camarades qui ont obéi jusqu'au sacrifice suprême. »

J'évoquai ensuite mes souvenirs d'enfance :
« Le 1ᵉʳ août 1914, je n'étais encore qu'un gamin.
Mais le tocsin de ce matin-là, je l'entends encore.
Le lendemain, je fus témoin — habitant en face
du fort de Charenton — de l'enthousiasme des
soldats qui partaient et que l'on couvrait de
fleurs. Plus tard, mon père me conduisit rue de
Lyon lors du fameux départ des taxis parisiens
pour sauver la Marne avec le général Gallieni ;
et je n'oublierai jamais la foule délirante sur les
Grands Boulevards, le 11 novembre 1918. »

Je parlai encore du Front populaire, des trou-
bles qu'il amena, des difficultés qu'il y a à gou-
verner notre peuple si riche d'humeurs, si ver-
satile. J'en arrivai à Munich, à la joie béate de
tous ces hommes qui ne voyaient pas que, désormais, le mensonge allait mener le monde.

Venait ensuite la pénible mobilisation de 1939
où la foi de certains, rescapés de 14-18, entraîna
la disparition héroïque de cent dix mille des
autres.

« Nous avons fait partie, dis-je, de ces régiments destinés à être l'extrême pointe de la ligne
Maginot. Cette ligne qui ne servit à rien était
notre grand espoir. Et puis, ne nous avait-on pas
seriné que "nous vaincrions puisque nous étions
les plus forts" ?

« Fin novembre, on compta nos premiers
morts. Votre régiment d'élite remonta ensuite à
Longwy et c'est là que, le 10 mai, à quatre heures
vingt, vous fûtes, comme nous à Audun-le-Ro-

man, réveillés par les vagues d'avions ennemis. Surprise totale pour nous tous. Rien n'était prêt, nous n'avions même pas de munitions... Et quelques heures plus tard commença la terrible marée des réfugiés qui encombra toutes les routes.

« Vous avez tenu en échec des régiments allemands : le 13 mai l'ennemi piétinait encore devant la citadelle. Et vous vous êtes couverts de gloire avec un piètre renfort de cinq cents hommes accompagnés de huit officiers.

« Hélas ! dès le 15 mai, après cinq jours de bataille, la Hollande capitulait, les blindés allemands étaient à Rethel, à Laon : ils avaient simplement contourné notre ligne fortifiée. Les pertes furent sévères au cours de ces derniers déplacements sous les bombardements d'artillerie.

« Le 7 juin, le général Weygand, que Paul Reynaud avait rappelé d'urgence, ordonnait de défendre toutes les positions : « Accrochez-vous au sol de France. » Mais le même soir, le front de l'Aisne était rompu. J'ai vu des officiers pleurer de rage. Nous étions encore derrière la ligne Maginot et les Allemands étaient aux portes de Paris.

« Et nous voici revenus dans cette ville de Toul où nous pouvons mieux comprendre le drame qui fut le nôtre. Il suffit d'examiner une carte de la région : la Moselle est une frontière naturelle. Toul est protégée aussi par des forts importants : Écrouves, Le Thillon, Canton. De grands bois cernent la ville : la forêt de Haye, le bois Juré, la forêt de Maine, le bois du Grand-Mont.

« La ligne Maginot n'a plus de sens.

« Alors, le 42ᵉ corps d'armée s'est replié ici, dans cette grande cuvette : dans ces douze kilomètres carrés, le long d'une voie romaine, une minuscule France s'est arc-boutée dans une boucle de cette Moselle indolente, a tenté de défendre son intégrité sans espoir mais aussi sans désespoir.

« Quelques jours plus tard, nous étions prisonniers mais, devant notre résistance imprévue et surprenante, les Allemands nous rendaient les honneurs. Cela fut de courte durée et bientôt nous nous retrouvions à l'aérodrome de Toul, privés de libertés, derrière des fils de fer barbelés.

« Et là, soudain, beaucoup d'entre nous découvrirent que jamais ils n'avaient été aussi maîtres de leurs actions. Voilà que, parqués hors du monde, il nous était possible de réfléchir, de méditer. Voilà que les apôtres pouvaient révéler à leurs camarades de misère ce qui fait la grandeur de l'homme. Nous n'avions plus à sauvegarder les apparences et c'était dans cette nouvelle et subite nudité que nous allions découvrir ce qu'est la vraie liberté.

« Cette liberté à laquelle Edmond Michelet, qui fut mon ami, fait allusion dans son beau livre *Rue de la liberté*. Cette liberté n'est pas facilité, abolition de toutes contraintes. Comment d'ailleurs la découvrir derrière des barbelés et sous la menace des mitraillettes Cela ne signifierait rien. Et cependant, c'est justement à cause de la privation totale de toutes ces libertés si chères au cœur des hommes que nous allions, dans cette longue retraite imposée, comprendre que nous étions plus libres que jamais pour être en union parfaite avec ce Dieu d'amour qui nous aiderait à repenser notre propre existence.

« Nous étions nous aussi terrassés sur le chemin de Damas : aveugles, désemparés, nous allions enfin être à l'écoute de Celui qui n'avait jamais cessé de nous attendre.

« Tous les écrits scripturaires nous donnent à conclure que l'homme est libre. Nous y voyons Dieu se plaindre de nos abandons, nous reprocher les résistances de notre volonté, nous faire des propositions de vie ou de mort, nous adresser de tendres appels : c'est tout l'Ancien Testament. Pourquoi ces plaintes, ces reproches, ces propositions, ces appels, si nous n'avons pas le choix de nos actes ? Pourquoi des commandements qui indiquent à notre activité la direction à prendre si cette activité n'est pas maîtresse de ses mouvements ? " On impose une loi, dit Tertulien, mais on ne la propose pas à celui qui n'a pas le pouvoir de s'y soumettre librement. " Pourquoi sanctionner les commandements par des menaces et des promesses ? " Où la nécessité règne il n'y a lieu ni à condamnation ni à récompense. " Et le dogme du libre arbitre est, entre tous ceux que nous enseigne l'Église, un des mieux établis sur le témoignage des Livres saints.

« Ce témoignage peut être facilement contrôlé par la raison, car il ne s'agit pas ici d'une de ces vérités inaccessibles pour lesquelles nous devons nous contenter de la parole de Dieu. Consultons notre nature, invoquons notre propre expérience, des deux côtés nous recevons la même réponse : nous sommes libres. Tout dépend du caractère de l'individu. Qu'on vous attache les mains — on me les a attachées ; qu'on vous menace — j'ai été menacé, vous garderez votre indépendance, vous resterez libre... en vous-même. Je serais même tenté d'écrire : plus les mains seront enchaînées plus l'homme prendra conscience de la grandeur qui est en lui et à laquelle Dieu l'invite.

« C'est pourquoi ces camps de prisonniers si sordides, si affreux, permirent à bon nombre d'hommes une véritable résurrection spirituelle. »

Et là, je rappelai un souvenir de Limburg, en août 1941, où nous avons vu les Russes se jeter les uns sur les autres, se battre comme des chiens pour se voler quelques morceaux de pain. Pour ma part, j'ai vu des hommes de quarante ans étouffer des gamins de seize ans pour leur prendre leur ration et les repousser du pied ensuite le long des barbelés.

Mais j'ai vu aussi des anciens combattants français se priver de l'indispensable pour le donner à des jeunes de vingt ans. J'ai vu partout où je suis passé les colis mis en commun. J'ai vu abolies les distinctions : plus de galon, plus de classe, plus d'ambition. On devient frères et c'est là la grande richesse des prisonniers. C'est cela qui a entraîné tant de chrétiens à revenir vers leur religion parfois si longtemps oubliée.

Si l'on réfléchit, on constate que toute la vie chrétienne consiste à passer par les chemins où le Christ lui-même est passé le premier. La vie chrétienne, c'est de nous conformer à ses mœurs, de nous identifier à lui.

Le cardinal Suhard me disait souvent : « Nous ne sommes que des instruments. » J'ai retrouvé ces mots dans son journal, et il ajoutait : « Ce que nous cherchons, c'est le vrai. Or, le vrai n'est pas dans le tumulte de l'opinion, encore moins dans l'agitation révolutionnaire qui s'empare du monde. Il est dans la réalité des choses, dans l'affirmation de cette réalité en fonction de principes supérieurs qui régissent le monde et qui ont leur centre en Dieu. »

L'homme vraiment libre domine ce que son esprit réprime et, au besoin, triomphe de lui-même. Cette unité en fait un seigneur. Tout peut s'acharner contre lui : passions intérieures, jugements extérieurs, il reste l'unique maître de son acquiescement. Quand on ployait de force les genoux des martyrs devant l'autel des idoles, leur âme restait libre dans leur corps enchaîné. Je l'ai vraiment compris en captivité.

Quand le cardinal Suhard, en avril 1946, me confia le ministère de la prison de Fresnes, j'évoquai tout naturellement mes souvenirs de captivité. Mais le cardinal répondit : « Mon enfant, vous étiez alors des prisonniers de guerre. A Fresnes, il en est autrement. Ce qui s'y passe est abominable. Ces hommes, dont certains me sont très chers, souffrent injustement. La haine qui les frappe est aveugle. C'est en pensant à eux que je vous envoie. Vous leur porterez immédiatement toute mon affection. Vous leur expliquerez que je leur garde toute mon estime. J'ai été moi-même sur le point d'être arrêté. Je sais. Tout cela est infiniment triste.

« Où je vous envoie, restez vous-même et soyez prudent car là-bas on a mélangé toutes sortes d'individus. Et surtout n'hésitez pas à me demander conseil, venez souvent m'entretenir de ces pauvres hommes qui souffrent tant. »

Ridicule dans la gloire, le genre humain est odieux dans la justice dès que l'on supprime le libre arbitre. J'ai suffisamment dit ailleurs ce que je pensais des cours de justice. Certains hommes ne reculent pas devant des conséquences insensées : ce sont les matérialistes. Nous savons ce que le monde communiste a fait subir aux hommes depuis soixante ans. Soljenitsyne d'une part et Mgr Seltz de l'autre nous ont révélé que ceux qui entendent supprimer le libre arbitre rendent tout inexplicable, odieux, dans la vie pratique des peuples.

Rappelons-nous les mots de Spinoza : « La liberté dont se vantent les hommes n'est que la conscience de leur volonté et l'ignorance des causes qui la déterminent. »

Ce à quoi nous répondons hardiment, instruit par l'expérience : « C'est faux. » Non seulement nous avons conscience de notre volonté mais nous sentons en nous l'enfantement du vouloir dans toutes ses phases : délibération, lutte, choix, détermination. Nous sommes maîtres de nos actions, donc nous sommes libres.

Nous avons tous le sentiment profond du droit de penser, d'exprimer et d'accomplir ce qui est juste et légitime. Nous avons tous la volonté de faire prévaloir le droit contre toute opposition. Nous avons tous l'amour de la liberté, amour d'autant plus vif qu'il est la plus puissante affirmation de notre personnalité, la plus haute expression de notre dignité. Un homme gagne plus notre estime par sa force de caractère qui lui assure une noble indépendance que par les éminentes qualités de son esprit et l'étendue d'une vaste science.

Le Sauveur lui-même l'a promise, cette liberté, quand il a dit : « Vous connaîtrez la vérité et la vérité vous fera libres. » (Jean, VIII. 32.)

Ce qui était vrai pour les déportés, les prisonniers de guerre, a été vrai pour les politiques — tout au moins pour ceux qui n'avaient qu'obéi aux ordres car, hélas ! certains autres s'étaient livrés à de bien basses besognes.

Le poème de Robert Brasillach me revient tout naturellement en mémoire :

D'autres sont venus par ici
Dont les noms sur les murs moisis
Se défont déjà et s'écaillent :
Ils ont souffert et espéré
Et parfois l'espoir était vrai
Parfois il dupait ces murailles.

Venus d'ici, venus d'ailleurs,
Nous n'avons pas leur cœur,
Nous a-t-on dit. Faut-il le croire ?
Mais qu'importe ce que nous fûmes !
Nos visages noyés de brume
Se ressemblent dans la nuit noire.

C'est à vous, frères inconnus,

Que je pense, le soir venu.
O mes fraternels adversaires :
Hier est proche d'aujourd'hui.
Malgré nous nous sommes unis
Par l'espoir et par la misère.

Je pense à vous, vous qui rêviez,
Je pense à vous qui souffriez,
Dont aujourd'hui j'ai pris la place.
Si demain la vie est permise,
Ces noms qui sur les murs se brisent
Nous seront-ils des mots de passe ?

J'ai déclaré plusieurs fois que mon plus riche
ministère a été celui des prisons de Fresnes. Cependant les autres aussi ont été intéressants, pas-
sionnants même parfois. Mais c'est à Fresnes
que j'ai été le plus souvent le témoin bouleversé
de la façon dont la grâce épanouissait certaines
âmes. Finalement — et j'aime à le redire — ce
sont ces hommes, ce sont ces femmes, ce sont ces
jeunes qui m'ont le plus soutenu dans les luttes
de ma vie.

Cependant, je ne reviendrai pas sur les témoi-
gnages de Fresnes que j'ai rapportés naguère,
et je poursuivrai maintenant en me tournant
vers les prisonniers de droit commun.

# II

# LES « DROITS COMMUNS »

Ceux, hommes, femmes, adolescents, avec qui j'ai vécu pendant près de cinq ans — et dont certains ont encore recours à moi — n'appartiennent pas, pour la plupart, aux classes aisées. Pourtant, en ce qui concerne ces dernières années, je dois me montrer plus nuancé car, à l'heure actuelle, tous les milieux sont touchés. Cependant, hier comme aujourd'hui, tous ou presque tous n'avaient, n'ont pas la foi.

Mais, avant de parler de religion et de foi, il est indispensable de retrouver le sens de l'homme. Or l'homme, n'acceptant pas Dieu, par conséquent ne sachant ni d'où il vient ni où il va, perdu, cherche à s'affirmer par n'importe quel moyen pour se prouver qu'il existe. Que de fois des voyous m'ont demandé si leur photo avait été publiée dans les journaux : à leurs yeux, cela était plus important que tout le reste.

On évoque souvent, à notre époque, la révolte de la jeunesse, de celle qui, en mai 1968, jetait ce cri : « Il est interdit d'interdire ! »

Je me souviens de plusieurs articles parus

alors. L'un rapportait à peu près ceci : « A l'approche de la Chambre des députés ou de l'Élysée, nous changions de direction, comme mus par un réflexe de dernière minute qui nous soufflait : « N'entre pas ici, le seul pouvoir qui vaille est en toi. »

Un autre déclarait : « Mai 68 fut d'abord une insurrection de " fils à papa ". Pour la première fois, il y eut transgression. » Enfin, un article de Rose Vincent rappelait que l'esprit de mai 1968 avait modifié subtilement toutes nos manières de vivre et de penser. « On ne parle plus tout à fait comme avant, ni à l'intérieur des familles ni entre collègues devenus copains ou camarades de travail. Les livres, les journaux, utilisent maintenant une dialectique née sur les barricades. » Et l'auteur d'ajouter : « Depuis dix ans, la France a plus mal à son âme qu'à son Smic, et je nous vois bien en peine de guérison. »

Dans le dernier article, l'auteur, citant une phrase de J.-P. Sartre, « Le marxisme est la pensée incontournable de notre époque », déclarait en termes sévères : « Ceci est une phrase creuse qui n'a plus cours et la mômerie ou le monôme pacifique de mai 68 n'a été que la découverte de cette vérité. La solennité des marxistes, la solennité de Sartre se sont effondrées dans la plus dérisoire des chutes, dans la plus caricaturale des catastrophes. »

Mais tous étaient d'accord pour affirmer que c'était en mai 1968 qu'avait commencé un certain travail de sape justifiant d'avance les gestes désespérés des violents.

Il est évident que cette révolte de mai 1968 — que j'ai suivie de près — n'est pas parvenue à renverser le pouvoir et a même temporairement renforcé celui du général de Gaulle. Mais on a fort bien fait remarquer qu'elle n'a pas été vaincue, qu'elle a même triomphé. D'une part parce que l'Etat l'a prise au sérieux et s'est chargé de réaliser la révolution culturelle qu'elle réclamait ; et, d'autre part, la révolte des fils ayant donné aux parents et aux aînés un sentiment de culpabilité, les détenteurs du pouvoir n'ont plus cherché qu'à se faire oublier, à se faire pardonner une autorité dont ils avaient honte. En somme, cette révolte a consisté à livrer les facultés, sous couvert d'autonomie, à ceux qui s'en étaient emparés en 1968, à savoir : les partis et les syndicats communistes et communisants.

En somme s'est accomplie, aux frais de l'État et sans que les parents y comprennent grand-chose, la seule vraie révolution, celle des mœurs, du goût, de l'intelligence et du cœur.

On a créé ainsi la société dite permissive. La morale traditionnelle a été totalement remplacée par la liberté du sexe, la liberté de la drogue, la liberté des intoxications, la liberté de la pornographie : libertés érigées en nouveaux droits de l'homme et de la femme.

Ajoutons à cette liste le droit à la violence, grâce auquel le terrorisme a pénétré dans notre vie quotidienne. Après chaque attentat on se préoccupe surtout de savoir par qui il est revendiqué, comme si le droit à la bombe faisait désormais partie des libertés fondamentales.

Que ceux qui ont eu le privilège de recevoir une formation de base comme il en existait naguère — reportez-vous au besoin à cette *Soupe aux herbes sauvages* d'Émilie Carles où l'éducation du début du siècle est si parfaitement dépeinte — ceux qui ont eu le bonheur d'appartenir à une famille unie et respectable, ceux qui ont été aimés et entourés... que ceux-là se posent une question : où en sont la plupart des jeunes d'aujourd'hui ?

Il est certes impossible de porter un jugement général. Bien sûr, il existe des jeunes — et beaucoup plus qu'on ne le clame — qui sont généreux, plus généreux que leurs parents et plus ouverts au besoin de donner à autrui le meilleur d'eux-mêmes.

Mais, malheureusement, il n'y a pas de juste milieu et, en face de cette jeunesse saine et valeureuse se dressent ceux qui, aveuglément, veulent tout casser, ne rien respecter.

Les plus faibles surtout sont à la merci de terribles rencontres et les plus audacieux ne reculent devant rien. Ils méprisent ce monde qu'ils jugent brutalement. J'ai lu tant de lettres qui me permettent de l'affirmer. Ils méprisent l'argent, c'est exact, mais ils refusent de travailler pour l'obtenir tout en exigeant de jouir de ce qu'ils désirent. Alors, ils décident que tout leur est permis.

Ils s'élèvent contre la société de consommation qui leur a appris à vouloir profiter de tout et tout de suite. Et ils en viennent vite à tout briser, à tout détruire. Ils n'hésitent même pas à tuer. Et ceux qui deviennent des assassins sont bien souvent les plus faibles.

Oh ! certes, on répliquera que la violence a toujours existé. C'est vrai. Et même, à certaines époques, elle a été plus effroyable que maintenant. Mais alors, elle n'était pas diffusée de par le monde au moment même où elle éclatait. Les *mass media,* de nos jours, se chargent de signaler, presque sur l'instant, ce qui se passe dans l'univers, grossissant les actes les plus horribles, mettant sous les yeux de toutes les familles les forfaits les plus monstrueux. Et qu'il est grand leur mutisme au sujet de ceux qui se dévouent à leurs semblables, aux plus deshérités...

Le cas Mesrine est particulièrement scandaleux. De quelle publicité n'a-t-il pas bénéficié ? N'a-t-on pas publié son livre où il racontait ses crimes ? De quels appuis ses avocats ne l'ont-ils pas favorisé ?

Il est grand temps de retrouver un plus sage équilibre, une vue plus claire des vraies réalités.

Un désordre profond dans les pensées comme

**31**

dans les mœurs fausse les relations entre les hommes, entre les classes, entre les collectivités, entre les peuples.

Les exemples ne manquent pas. Bien entendu, il est vain de vouloir rendre les hommes strictement semblables. Ce n'est pas seulement poursuivre une chimère, c'est nier la diversité des êtres qui fait la richesse même de l'humanité. Mais que des hommes favorisés, au lieu de mettre leurs avantages au service de tous, s'en servent pour opprimer les autres : voilà où est le désordre, voilà où est le péché.

L'injustice accroît ce désordre. L'injustice appelle d'abord la révolte. Puis d'autres injustices. Ce n'est plus la raison mais la violence, en actes, en paroles, en intentions, qui règle — ou dérègle en vérité — les rapports humains.

Mais le désordre de l'homme est à l'intérieur de lui-même. De plus en plus esclave de ses impulsions personnelles, l'homme n'accepte plus les contraintes. Si les progrès de la médecine permettent de venir à bout de nombreuses maladies corporelles, le grand mal de l'homme moderne se manifeste surtout dans un déséquilibre nerveux qu'il faut soigner : un homme tue un gamin de seize ans parce que sa mobylette fait trop de bruit ; un autre tue son enfant pour se venger de sa femme... On les dit fous, mais ce sont eux, ceux pour qui la vie n'a plus de sens, plus d'importance, qui créent l'affreux malaise général.

A la racine de ce désordre il y a, avant tout,

l'oubli de Dieu. L'impie, ainsi que le précise le psalmiste, déclare dans son cœur : « Il n'y a plus de Dieu. » Comme, confusément, il sait qu'il ne peut effectivement supprimer ce Dieu qui le gêne, il le chasse de l'univers. Du moins il le raye de son esprit. Il va jusqu'à affirmer : « Dieu est mort. »

Mais si on le questionne il s'étonne et assure : « Je ne voulais pas offenser Dieu, je n'y pensais même pas ! » Ce qui prouve à quel point est total l'oubli véritable de Dieu. Dieu n'existe plus dans notre pensée. Notre péché implique le rejet de Dieu et c'est cela qui est grave.

Sur le plan laïc, il n'existe que des erreurs, des délits, des crimes, mais du point de vue surnaturel, là est le péché. « On n'offense que Dieu seul, qui pardonne », assurait Verlaine...

*Tibi soli peccavi* (c'est seulement contre vous seul, mon Dieu, que j'ai péché). Qui s'exprimait ainsi ? Le roi David, en proie aux remords que lui causait son double crime de l'adultère suivi d'un homicide. Il avait donné libre cours à ses mauvais penchants, il avait commis une injustice en prenant la femme d'autrui, il avait fait tuer le mari de sa complice... et ses fautes n'étaient point restées secrètes. Or, c'était seulement devant Dieu qu'il s'accusait d'avoir péché.

Mais il y a plus grave : la révolte contre les lois de Dieu.

J'ai entendu bien des confidences de ces malheureux que j'ai accompagnés au poteau de

Montrouge. Et c'est là que j'ai saisi l'action de la grâce. Avant de reconnaître les crimes qu'ils avaient commis, ils s'accusaient d'abord du premier pas qu'ils avaient fait pour se séparer de Dieu.

Si le péché est le mal de l'homme, il est aussi le mal de Dieu. « La gloire de Dieu, disait saint Irénée, c'est que l'homme vive. » Le vouloir profond de Dieu est la plénitude et le bonheur de l'homme. Dans ce sens, on peut déclarer qu'en allant contre son propre bonheur, contre sa plénitude, l'homme vise et atteint Dieu. Il s'attaque au projet de réconciliation totale instauré par Jésus dans l'histoire humaine. C'est en ce sens qu'il y a quelque chose d'infini dans le péché de l'homme, sans proportion avec ce que la raison et le jugement humains de première instance savent déceler de fautes et de faiblesses.

On ne peut comprendre son péché qu'au pied d'un crucifix : « Dieu n'a-t-il pas voulu rejoindre l'homme dans son lointain ? » précise Paul dans son épître aux Romains. Jésus est venu dans le monde comme révélateur à la fois de la misère de l'homme et de la miséricorde divine. Dans un même mouvement, l'homme découvre, en découvrant Jésus, combien il est loin, loin de lui, loin des autres, loin de Dieu, et combien Dieu a voulu se faire proche.

Il semble que nous touchons ici au vrai sens du péché qui est à la fois découverte par l'homme de sa misère et de la miséricorde. Se reconnaître

34

pécheur mais sauvé, se savoir mauvais mais aimé quand même. A ce moment-là, la culpabilité, au lieu de devenir morbide et étouffante, conduit à l'humilité, à l'abandon, et la misère devient alors la vraie pauvreté.

Ces précisions apportées, pénétrons maintenant dans l'univers carcéral.

J'ai donné, dans *J'étais aumônier à Fresnes,* mes premières impressions sur ma visite en 1946 dans les vastes bâtiments des prisons de Fresnes. De nos jours, j'aurais une réaction bien différente car, durant ces dernières années, des modifications importantes ont permis de rendre moins pénible le séjour en prison.

Cependant, je reprendrais encore le mot de J.-P. Sartre : « L'enfer, c'est les autres. » Après tout, qu'importent les structures, la beauté même des immeubles : la promiscuité est la même. Et les prisons, de ce fait, restent toutes également criminogènes.

Nul n'ignore les excès du caïdat dans beaucoup de prisons, excès sur lesquels les surveillants ferment trop souvent les yeux pour avoir la paix. Ainsi, cet énorme scandale de la maison d'arrêt de Châteauroux que Mᵉ Thibaut a révélé à un journaliste : on a fait subir à un jeune détenu des violences inouïes. On lui a rasé le crâne et les sourcils, tatoué des dessins obscènes dans le dos avec de la semelle de chaussure fondue et coulée dans des plaies ciselées elles-mêmes par des aiguilles. Et celui qui agissait ainsi disait tout haut : « Je suis ton maître », et ce sadique allait jusqu'à obliger sa victime à boire son urine et à se barbouiller d'excréments. Les gendarmes eux-mêmes ont reconnu que le malheureux maltraité était méconnaissable à la sortie.

Je n'ai jamais été témoin de pareilles abominations. Mais que de confidences m'ont été faites qui m'ont prouvé que certains jeunes sont odieusement violentés par des brutes qui veulent les dominer et les initier au vice.

Aujourd'hui, dans certains endroits, on a remédié à cette promiscuité qui m'avait tant révolté. On place désormais les « primaires » (ceux qui en sont à leur première condamnation) à part des récidivistes. En principe, cela devrait aller mieux. Mais n'y a-t-il pas autant de vicieux parmi les premiers que chez les seconds ?

Le chômage des jeunes est à l'origine de bien des drames. En effet, une des premières constatations que l'on fait chez les prisonniers, c'est le manque total de volonté et le dédain qu'ils affichent pour le travail. Ils veulent tout obtenir sans mal, alors qu'une des supériorités de l'homme sur l'animal c'est justement d'être capable de pourvoir à ses besoins lui-même.

L'être humain porte en lui de grandes capacités. Au début de sa vie, il n'est qu'une chose vagissante et faible, mais il peut ensuite, par l'éducation, la réflexion, apprendre à dompter ses passions, discipliner ses instincts, vaincre sa paresse. Seulement, cela exige un effort constant. Cela suppose aussi, dès l'enfance, un environnement sain et honnête ; cela suppose la possibilité de se référer sans cesse à des exemples.

Or, là, ceux qui se sont particulièrement penchés sur les travailleurs au XIXᵉ siècle ne leur ont guère rendu service. Le travail, d'après eux, était une grande chose dont ils célébraient la noblesse afin de se venger du mépris dont le monde ouvrier avait été — ou avait cru être — l'objet. Une grande chose au profit de laquelle on revendiquait tous les droits mais qu'on ne continuait pas moins à regarder comme un joug à subir, une servitude à laquelle il fallait chercher à échapper en comptant pour cela sur le développement du machinisme.

La plupart des délinquants que j'ai approchés étaient des hommes sans culture, sans ressources, trop heureux de reprendre quelques slogans à la mode pour justifier leur différence avec ces petits-bourgeois bien rangés, bien disciplinés, qui gagnent leur vie en besognant chaque jour.

Pour ceux qui étaient de bonne famille — et aujourd'hui Dieu sait s'ils sont nombreux dans l'univers carcéral — une incontestable culture ne dominait pas une si folle soif d'indépendance qu'ils admiraient, surtout ceux qui tendaient à tout bouleverser. Si certains parents avaient entendu leurs propos, quels n'auraient pas été leur stupéfaction et leur chagrin !

L'immoralité dans les prisons est impressionnante car la majorité des détenus est persuadée qu'elle n'a rien de mieux à faire que de s'adonner à ses penchants. Le seul regret véritable, c'est d'avoir été pris. Aussi, un seul désir prévaut : jouer la comédie du bon enfant pour sortir au plus vite. Les plus durs, eux, cherchent le moyen de briser l'obstacle et de regagner la liberté pour recommencer leurs méfaits.

Une hiérarchie s'établit : le voleur méprise l'escroc. Et l'escroc réclame bien souvent au voleur plus de tenue. Les bonnes manières priment : le voleur dit tout haut ce qu'il pense mais l'escroc reste toujours un dissimulateur.

A la Madeleine [1], j'ai croisé toutes sortes d'escrocs. Mon nom est facile à retenir et certains avaient lu mon livre. Il y en a de toutes sortes : l'escroc au mariage, l'escroc des œuvres charitables, l'escroc des presbytères... A ce propos, je me souviens d'une visite...

Le jour même de l'élection du pape Paul VI, je reçus un colonel. Voyant cet officier supérieur, la poitrine bardée de décorations, je le fis entrer et m'excusai de vouloir continuer à regarder la télévision : je tenais à connaître le visage de notre nouveau pape. Il s'inclina. Nous nous assîmes, prîmes l'apéritif et discutâmes agréablement. Il s'ex-

---

1. Paroisse parisienne où l'abbé est resté dix années.

primait fort bien, était très au courant de ce qui se passait à Rome.

Enfin, le pape vint donner sa bénédiction. Le colonel fit le signe de croix, ce qui ne m'était pas venu à l'esprit, je dois l'avouer. La télévision arrêtée, nous fîmes plus ample connaissance. Il me cita le nom d'amis à lui, paroissiens du quartier que je ne connaissais pas... mais connaît-on tout le monde dans ce vaste Paris ? Puis je lui demandai l'objet de sa visite. Alors, il se troubla un peu et, confidentiellement, murmura : « Oh ! vous allez me prendre pour un naïf ! » Je protestai et il me confia qu'il venait de se faire voler son portefeuille dans le métro, qu'il devait rejoindre d'urgence Montpellier et auparavant faire quelques achats indispensables.

Comme il semblait très embarrassé et furieux contre lui-même, je m'empressai de le rassurer et lui avançai cent francs. Je ne pouvais faire moins pour un colonel...

Bref, vous avez deviné, je me suis conduit comme un imbécile. C'était un escroc. Je ne le revis jamais et me fis sévèrement gronder par mes amis. « Voyons, me dirent-ils, nous avons un excellent service social à la Madeleine. Servez-vous-en ! »

Comme quoi il nous faut aider les services d'entraide, mais éviter de faire directement l'aumône au premier venu... car, hélas ! ce sont bien souvent ceux qui en ont le plus besoin qui n'osent tendre la main.

On parle beaucoup de l'univers carcéral et on a raison car il y avait, en juillet 1957, 36 500 prisonniers alors que la capacité d'accueil était de 28 600. On compte environ 75 000 entrées et 70 000 sorties par an. De plus, l'administration pénitentiaire a en charge, en milieu ouvert [1], près de 65 000 condamnés soumis au sursis avec mise à l'épreuve ou en liberté conditionnelle.

Je connais très bien les prisons de Fresnes, de la Santé et quelques autres : elles sont en meilleur état que de mon temps, c'est l'évidence même, mais qu'est-ce à dire ?

Je reprendrai volontiers ici le « Plaidoyer pour les prisons » que le directeur général de l'administration pénitentiaire, remercié après l'évasion de Mesrine, a fait publier dans *Le Monde* du 13 juin dernier. J'ai admiré, du reste, la façon dont cet homme s'exprimait après avoir subi une telle sanction. Résumons-en les principaux points.

Il note, d'une part, que les prisons sont encombrées en permanence et, d'autre part, la misère de l'administration pénitentiaire qui ne dispose que de 80 F par journée d'hébergement, dont 50 F pour le personnel, 10 pour l'entretien des

---

1. Milieu ouvert : ceux qui sont remis sous contrôle dans la vie civile.

détenus et 5 pour l'entretien des bâtiments. Et il conclut : « Y a-t-il un prix de journée d'un quelconque organisme social de prévention qui n'atteigne le double ou le triple de celui-ci ? »

Il précise par ailleurs qu'il faudrait mettre en chantier deux à trois prisons par an dans la décennie à venir et créer 800 à 1 000 emplois nouveaux durant cinq ans pour permettre au personnel de faire face décemment et efficacement à sa mission.

Il insiste très justement sur la sécurité qui exige une stricte discipline à respecter par tous les usagers de la prison et il ose dénoncer le supplice de Tantale que représentent les fameuses permissions.

Il détaille enfin, avec une certaine utopie qu'il reconnaît lui-même, le règlement qui n'a plus rien à voir avec la conception paternaliste ou confessionnelle des années 50. Il est le premier, du reste, à le dénoncer comme irrecevable à l'heure actuelle. Aujourd'hui, précise-t-il, il s'agit d'une sorte de libre-service, de formation et d'occupation diverses, où le détenu est invité lui-même à choisir.

Reprenons ces quatre points, et M. Aymard permettra certainement à l'ancien aumônier de Fresnes d'avoir la même franchise que lui dans le seul but de servir jusqu'au bout, comme il l'a fait lui-même, la cause qui nous tient à cœur.

Oui, nos prisons sont trop encombrées, mais n'oublions pas que le plus grand nombre des prisonniers sont des malheureux. Cayatte nous a invités à y réfléchir quand il a osé intituler l'un de ses films à thèse : *Nous sommes tous des assassins.*

35 % d'enfants de divorcés ou de parents alcooliques parmi les délinquants. Nombre d'immigrés, au milieu des Français, font toutes les corvées que les seconds refusent et les maudissent dedans comme dehors. Nombre de jeunes sont des caractériels qui, bien souvent, ont été détruits par ceux-mêmes qui auraient dû les guider. Mais alors, pourquoi proposer à ces pauvres bougres un libre-service ? Que voulez-vous qu'ils puissent désirer dans ces prisons, si dorées soient-elles, alors qu'ils sont aussi mal aimés à l'intérieur qu'à l'extérieur — et parfois, hélas ! je le souligne avec force : aussi méprisés.

Oui, nos prisons sont trop encombrées. En 1972, 75 646 hommes sont sortis de prison, 48 600 ont été libérés en fin de peine, et j'ai voulu savoir ce qu'étaient devenus les 27 000 autres : plus de 14 000 ont été relâchés sur décision du juge d'instruction avant jugement ; plus de 2 000 ont bénéficié d'un sursis, et tous les autres d'un acquittement.

Alors, de grâce, messieurs les magistrats, avant de vous pencher sur un si grand nombre de dossiers, exigez qu'un tri soit fait pour mettre à part ceux que vous estimez non dangereux, ces hommes et ces femmes qui sont des marginaux, ces inadaptés qui n'ont rien à faire dans les prisons. Pourquoi construire de nouvelles geôles qui, malgré un maigre budget, coûtent encore trop cher à l'ensemble de la population ?

La prison de Fleury-Mérogis, située sur l'immense plateau qui domine Juvisy, représente un réel effort. Là, plus de hauts murs d'enceinte, plus de barreaux, pour la bonne raison que la très grande enceinte de béton se replie sur elle-même. Trois grands blocs : le premier est réservé aux jeunes. Celui du centre contient 3 000 détenus adultes — c'est le plus important. Et le dernier est attribué aux femmes. Ils sont donc enfin complètement indépendants les uns des autres. En visitant ce vaste plateau de Fleury-Mérogis, je me rappelais la révolte des filles perdues à Fresnes alors que tous les prisonniers politiques étaient aux fenêtres, se réjouissant du spectacle.

Mais il y a mieux : désormais, à l'intérieur, les primaires sont séparés des récidivistes.

J'ai visité le bloc des femmes. On entre par une grande porte vitrée — plus agréable, évidemment, que l'ancienne porte de gros chêne, mais cependant le verre est solide et tout est commandé électroniquement. Bureau d'accueil : on monte quelques marches ornées de plantes, on se trouve dans une enceinte bien éclairée : banquettes, chaises permettent aux visiteurs d'attendre convenablement qu'une surveillante en blouse blanche les invite à se rendre au parloir qui est juste derrière la cloison. Il n'est plus nécessaire de crier derrière des grilles pour se faire entendre après une longue attente sous la pluie devant la porte de la prison. Le visiteur est introduit, maintenant, dans une case où, derrière une vitre, la détenue s'installe. Les avocats doivent franchir, par un étroit couloir, deux autres portes avant de se trouver de nouveau dans une grande salle où plusieurs pièces vitrées sont mises à leur disposition. Rien de comparable, heureusement, avec les anciens parloirs d'avocats de Fresnes.

La tour centrale commande quatre autres ronds-points où sont réparties les différentes divisions. L'ensemble est bien aéré grâce aux vastes espaces verts et aux terrains de sport situés à l'intérieur de l'enceinte. Le quartier des nourrices, comme il se doit, voisine avec l'infirmerie, tandis que le quartier d'isolement est tout près de la vaste cuisine : les odeurs doivent faire rêver à des lendemains meilleurs.

Les deuxième et troisième divisions sont occupées par les primaires qui disposent aussi d'un espace vert et d'un grand atelier.

Les quatrième et cinquième divisions sont réservées aux récidivistes avec, également, un espace vert et un atelier. Ainsi la séparation est nette, en détention comme aux ateliers. Soulignons que c'est là un progrès d'énorme importance.

A la sixième division, les toxicomanes sont dans un quartier spécial ainsi que, voisins de la communauté des sœurs Marie-Joseph, les proxénètes.

Dans l'ensemble, cela donne 240 à 300 détenus dont une cinquantaine d'étrangères. Une vingtaine attendent les assises pour infanticide, attaque de banques, homicide.

Mais la question importante — et que je n'ai pas manqué de poser, c'est : « Que font ces gens à longueur de journée ? »

Chaque jour, une heure de promenade le matin et une heure trente l'après-midi ; puis la possibilité de suivre de nombreux cours : comptabilité, sténo-dactylo, préparation d'examens tels que certificat d'études, brevet, bac et différents C.A.P. Il existe aussi des cours d'enseignement ménager, de culture physique, de yoga et de dessin.

J'ai cependant noté que sur les 1 600 mètres carrés réservés aux ateliers concernant les trois blocs, une très grande partie est inemployée. Pourquoi ? Quant aux cours qui offrent tant de possibilités de reclassement, les sœurs qui les assurent sont les premières à déplorer la paresse des détenues.

Le régime est des plus souples et les cellules bien différentes de celles que j'ai connues. Je dirai même que chacune d'elles est presque un studio : lit très correct, séparé des toilettes, radio bien souvent encastrée dans le mur, etc.

Les femmes ont à leur disposition une quantité de journaux, quotidiens et hebdomadaires. Inutile de préciser que le plus lu est *Libération*, peut-être à cause de son titre, mais certainement

pour ses petites annonces rien moins que morales. De plus, chaque détenue dispose de cinq
livres par semaine et la bibliothèque en contient
près de 4 000.

Cela explique assez la paresse qui règne dans
ce bloc, d'autant plus que, maintenant, la détenue
a le droit, si cela lui convient, de rester étendue
sur son lit toute la journée, ce qui était strictement interdit de mon temps.

Enfin, des concerts de qualité, des causeries
faites par d'excellents conférenciers ont lieu régulièrement. Et si chaque dimanche la messe est
dite le matin, le soir les détenus sont invités au
cinéma.

On comprend dès lors que certaines femmes
qui arrivent en larmes repartent gaiement —
heureuses bien entendu de recouvrer la liberté
— mais avec un rien de nostalgie pour cette vie
sans vrais soucis. Il arrive qu'elles crient joyeu-
sement à celles qui restent : « A bientôt, mes
chéries ! »

Dans les prisons de Fleury-Mérogis, la sécurité a été bien envisagée, c'est incontestable, et
le cadre diffère de partout ailleurs. Cependant,
et il est important de le souligner, c'est dans ces
prisons-là que les suicides ont été les plus nombreux en ces dernières années. Et c'est ce qui
nous permet de signaler que là aussi règne le
grand mal actuel : la déshumanisation.

Indiquons encore que l'univers de Fleury-
Mérogis a été évoqué il y a un an aux assises de

la Seine : plusieurs détenus avaient profité d'une séance de cinéma pour poignarder un Algérien. On a appris là qu'il était enfantin de confectionner une arme blanche en utilisant la tirette servant à coincer le globe d'éclairage d'une cellule, en l'affûtant avec une pierre ; et qu'il suffisait de donner un coup contre le mur de séparation de deux cellules avec un simple manche de balayette pour mettre à jour les orifices circulaires ayant servi au levage des éléments préfabriqués, ce qui permet de communiquer librement de cellule à cellule.

En 1968, lorsqu'un journaliste interrogea une étudiante hippie au sujet de la drogue, celle-ci déclara : « Quand on jouit du superflu, ça laisse du temps libre pour réfléchir et se poser des questions. Par exemple, on se cherche une autre raison de vivre que l'argent ou une machine à laver, on ne confond plus confort et bonheur, on regarde autour de soi et on ne trouve rien ni personne pour nous aider à vivre. La religion est devenue un rite, la politique un jeu et, finalement, c'est un vide moral total. Notre civilisation occidentale n'a débloqué que le plan matériel, elle a perdu son âme, et nous, on a besoin des vraies valeurs, de beaucoup de spiritualité. Toute notre génération a pris conscience de ce vide effroyable. Nous étions tellement enfoncés dans le matérialisme, tellement en proie à la folie des gadgets et de la respectabilité, que le LSD a été, au début, nécessaire pour briser tout cela et redécouvrir l'Amour avec un grand A, l'Amour universel pour tous les hommes. »

Comme M. Aymard a souligné lui-même l'utopie de ces règlements, je la souligne aussi, non pas avec le même sourire mais, il me le permettra, avec une grande tristesse. Comment, comment peut-on envisager sérieusement de mettre des hommes et des femmes en face d'un libre-service dans une prison alors que le plus grand nombre est en situation d'échec ?

Ils ont cru trouver dans la délinquance le remède à leur incapacité à vivre. Ce sont des êtres que les institutions familiale, religieuse, scolaire, voire d'assistance sociale, le monde du travail lui-même n'ont pas réussi à intégrer dans une existence normale.

Ne les laissons donc pas errer davantage dans leurs rêveries malsaines. Faisons l'impossible pour les inciter à réfléchir, à comprendre leur propre comportement en leur imposant une discipline et un travail qui réveilleront peut-être en eux une certaine volonté de devenir un autre.

# III

# CE QU'IL FAUT FAIRE

Il faut prévenir le mal avant de le sanctionner. Il ne faut plus mettre en prison n'importe qui et n'importe comment.

D'après les décisions prises en octobre 1978 par le ministre de la Justice, si 20 000 jeunes délinquants sont placés en « milieu ouvert »[1], 4 000 mineurs font encore chaque année de la prison.

Alain Peyrefitte estime que c'est trop. « La prison est, plus pour les adolescents que pour quiconque, un pourrissoir, l'école du délit, l'université et la formation professionnelle du crime. »

En conséquence, un système où prévaudront les solutions non carcérales sera mis en place pour les détenus de moins de seize ans. En outre, 865 mineurs seront chaque année placés en détention provisoire. On conseillera donc aux magistrats d'éviter de prononcer cette mesure pour les moins de seize ans.

On a, de nouveau, entendu parler du *Bel-*

_____

1. *Idem* note p. 40.

*espoir,* ce bateau du père Javouen qui sauva un équipage en plein Océan. Mais c'est tous les jours que le père Javouen sauve ceux qui sont en perdition par la drogue. C'est pour les sauver qu'il les emmène loin, en pleine mer, leur laissant le soin de conduire ce voilier contre vents et marées avec tout ce que cela exige d'efforts et de travail.

Ainsi qu'il me l'a confié, l'essentiel, pour lui, c'est qu'ils parviennent à vivre sans came et surtout qu'ils redeviennent eux-mêmes.

Par ailleurs si, dans chaque département, on prenait exemple sur le Foyer Saint-François de Lorient, on réussirait certainement à sauver nombre de marginaux.

Et là, je retrouve une fois de plus M. Aymard et son plaidoyer : la délinquance concerne la cité tout entière.

Il est question d'accorder aux maires plus de pouvoirs. Ce serait bien car si, sur le plan national, l'administration est débordée par le nombre, à l'échelle municipale un meilleur rendement sera sans doute possible à condition que l'élu soit un homme dévoué et très au courant des affaires de famille de sa commune. Le jour où les électeurs placeront à leur tête quelqu'un qui prendra en main leurs problèmes, non par ambition ou paternalisme, mais dans le désir réel de les servir, tout ira mieux. Cela existe déjà, Dieu merci, en France, mais les exemples sont encore trop peu nombreux.

Je me souviens que, lorsque Fresnes n'était qu'un petit village, je rencontrais le maire radical-socialiste au moins trois fois par semaine. Nous partagions nos soucis et nos peines, et celles des autres. Nous connaissions bien les trois mille habitants d'alors. Les malades étaient visités, les pauvres soutenus, et nous pouvions nous permettre d'intervenir en cas de difficulté grave dans certains foyers. Et, surtout, personne ne s'ignorait.

Or, tout est là. Si l'on veut être au service des autres, la charité, la vraie charité, supprime toutes les barrières stupides dressées entre chrétiens et non-chrétiens, entre membres de partis politiques différents. Le travail vraiment efficace ne peut se faire que dans la mesure où les dimensions restent humaines.

Ce n'est pas pour rien que la dernière prière du Christ a été de nous inviter à nous unir : « Père, qu'ils soient un comme toi et moi sommes un. » En construisant la tour de Babel, les hommes ont renouvelé, sur le plan collectif, le péché d'orgueil. Ils ont tenté de se déifier eux-mêmes, de faire l'unité du monde par eux seuls et selon leurs goûts. De nos jours, on néglige par trop la personne humaine pour ne considérer que les masses. On oublie d'être à l'écoute des hommes, on cherche à leur imposer des idées sans les laisser avant tout exprimer ce qu'ils désirent, ce à quoi ils aspirent.

Quand j'étais à la Madeleine, en 1966, j'ai rencontré Jenny Ricœur, qui est venue elle-même m'offrir son livre *Mes huit cents filles*. Dans ce texte, elle rapporte certains faits pris sur le vif quand elle était institutrice de banlieue et chargée d'une classe de rattrapage d'adolescentes. Son livre est riche d'anecdotes qui reflètent la bêtise du monde, la sévérité des uns, l'aveuglement des autres, la méchanceté et l'inconduite de certains, et presque toujours la dureté de la vie pour beaucoup d'enfants. Et malgré tout, il souligne admirablement combien les êtres les plus déshérités peuvent receler au fond de leur cœur l'étincelle d'amour, indispensable à la vraie vie.

C'est cette étincelle qu'il faut faire jaillir en écoutant ceux qui souffrent, ceux qui se révoltent, en les aimant réellement.

Le Christ, ne l'oublions pas, ne s'est jamais laissé abuser par le péché, et il n'a jamais jugé les hommes sévèrement, hypocrites mis à part.

C'est pourquoi il faut provoquer des explications franches, et surtout se montrer sincère d'un côté comme de l'autre. Quand on aime vraiment l'être humain parce qu'il reflète ou cache l'image de Dieu, on ne doit pas jouer avec lui. Aimer réellement du seul désir de faire revivre cette image de Dieu permet un dialogue qui, ne s'arrêtant pas aux faits, remonte à la racine même du mal et ôte la pierre qui empêche la source de jaillir.

Je me suis efforcé, durant tout mon ministère, d'écouter de tout cœur ceux qui venaient à moi. André Malraux, au début de ses *Antimémoires,* écrit : « Je me suis évadé en 40 avec le futur aumônier du Vercors. Nous nous retrouvâmes peu de temps après l'évasion dans le village de la Drôme dont il était le curé et où il donnait aux israélites, à tour de bras, des certificats de baptême de toutes dates, à condition toutefois de les baptiser, en ajoutant : " Il en restera toujours quelque chose. "

« Nous poursuivions la conversation sans fin de ceux qui se retrouvent dans le village nocturne. Et je lui posai cette question : " Vous confessez depuis combien de temps ? — Une quinzaine d'années. — Qu'est-ce que la confession vous a enseigné des hommes ? — Oh ! vous savez, la confession n'apprend rien parce que dès que l'on confesse, on est tout autre. On est tenu au secret, et il y a surtout la grâce de Dieu. " Et, pourtant, il devait me confier ensuite : " D'abord beaucoup de gens sont plus malheureux qu'on ne le croit. " Puis, levant ses bras de bûcheron dans la nuit pleine d'étoiles, il ajouta : " Le fond de tout, c'est qu'il n'y a pas de grandes personnes ". »

Profonde vérité dont j'ai si souvent pu mesurer les conséquences.

Qu'est-ce que l'infantilisme dans la foi sinon le fait de ne pas avoir spirituellement atteint cet âge de raison où la conscience est capable de discerner le bien et le mal ? C'est à la maturité de sa conscience qu'on reconnaît le chrétien adulte. Encore faut-il que cette conscience soit bien formée. Toute expérience religieuse exige avant tout de nous une vie intérieure profonde.

L'enfant ne sait pas ce qu'est le péché. Il ne discerne pas ce qui est bien de ce qui est mal. Il apprend seulement que certaines choses lui sont défendues, mais il éprouve le même trouble et la même crainte d'être puni quand il a cassé un objet par maladresse ou qu'il a agi par méchanceté. Il confond donc la honte avec ce trouble et avec cette crainte.

Or, cet enfant que nous avons été demeure longtemps en nous et il y persiste d'autant plus que les hommes, pris par leur travail quotidien, n'ont plus suffisamment de temps pour prier, réfléchir, et encore moins méditer.

Ne nous arrive-t-il pas, par exemple, de mesurer la gravité de nos fautes à la honte que nous ressentons ? Mais l'égoïsme qui régit notre existence nous fait-il souvent rougir ?

Confondre ainsi le domaine du péché et celui de ce trouble intérieur est la preuve que l'on est resté enfant, incapable de sortir de soi et des impressions immédiates. Pour apprendre à reconnaître le péché, il faut accepter de réfléchir à ce qu'est la vérité.

Écoutons Simone Weil : « Je suis en combat permanent pour mon unité, c'est-à-dire pour l'union en moi du charnel et du spirituel par la subordination de l'un à l'autre. Ce combat m'impose une succession de choix et d'options dans ma vie quotidienne. Jésus-Christ seul, en ma nature mêlée, peut délivrer de sa gangue ma vraie personnalité. Cependant, il ne le fera pas sans nous, ni malgré nous, comme le ferait un magicien, mais à la manière d'un principe de vie et d'un chemin. Mon être, mon être véritable, est une création que Dieu fait avec moi chaque jour. D'où la nécessité absolue pour moi, comme pour tout homme, de savoir où je me situe. »

En tout premier lieu me connaître pécheur et éprouver le besoin de Dieu, car le juste, cet homme qui se croit en règle et n'a donc pas besoin de Dieu, ne peut le rencontrer. Beaucoup de chrétiens, par leur attitude de devoir, ont détourné du vrai chemin nombre d'hommes de bonne volonté. Et le Christ l'avait bien prédit dans cette parabole que nous connaissons tous : le Pharisien et le Publicain. Le Pharisien, que pouvait-il demander à Dieu puisqu'il se sentait parfait ? Tandis que le Publicain, devant toutes ses difficultés en présence du mal qu'il commettait, criait véritablement vers Dieu, et la prière n'est autre qu'un cri vers notre seul Sauveur.

Il faut donc avant tout beaucoup de patience, d'oubli de soi, et une indulgence intelligente totale : cette malheureuse qui a tué son enfant n'est pas toujours, il s'en faut, la plus coupable. Abandonnée par ceux mêmes qui auraient dû la soutenir, montrée du doigt par ceux qui se disaient ses amis, délaissée et accusée par le père et l'enfant, comment ne se serait-elle pas égarée ?

Et l'adolescent qui a tué son père parce que celui-ci rentrait tous les soirs ivre et battait sa mère, les obligeant tous à vivre dans la terreur, ne doit-on pas chercher avant tout à le rassurer et à l'aider à retrouver son équilibre ?

Il faut avoir entendu tant et tant de plaintes, avoir été témoin de tant et tant de détresses pour parler de justice, accepter les circonstances atténuantes et oser juger les criminels.

Parfois ceux qui sont dans le box devraient prendre place au banc des témoins à charge... Je me souviens d'une fille qui, dans son arrogance, me lançait comme un défi : « Toi, curé, tu parles d'amour ! » Et moi de lui répondre : « Heureusement que je connais l'amour, sans cela je ne serais pas ici. » Et quelque temps après, cette gamine, qui n'avait pas dix-huit ans, venait d'elle-même se confier à moi.

Un jour que je lui demandais si elle recevait la visite de ses parents, elle m'arrêta net : « Ah ! non, je t'en prie, ne me parle pas de ceux-là. » A la fin de l'entretien, lui prenant les mains, je lui proposai sincèrement : « Et si moi j'essayais de les remplacer un peu ? » Alors je vis sur ses joues couler de grosses larmes. Depuis, je l'ai toujours suivie. Elle est mariée maintenant. Elle aime, elle est aimée, et heureuse.

Je revois aussi un grand gars de vingt-deux ans qui ne cherchait que la bagarre. Il était d'une violence incroyable. Un jour, le directeur, que j'estimais, me le signala en ajoutant : « Impossible de le raisonner, celui-là. J'ai peur que ça se termine mal un jour pour lui... » J'allai donc trouver ce détenu qui, justement, était fou de rage contre celui avec qui il partageait sa cellule.

Sur un ton assez vif, je me risquai à dire : « Quand auras-tu fini d'embêter tout le monde, tu commences à nous fatiguer ! » Et lui de répondre : « Je traite les autres comme on m'a traité ! » Je lui fis alors remarquer à quel point on était patient avec lui qui déclenchait constamment des histoires. Il répliqua : « Tu ne peux pas comprendre, il ne s'agit pas d'ici. »

Doucement je repris : « Explique-toi, seul avec moi. » Et je l'entraînai par les coursives jusqu'à une cellule d'avocat. Après un long et pénible

NOUS SOMMES TOUS DES PRISONNIERS

entretien, il s'amadoua et me remit une lettre de
son père. Ce dernier lui signifiait que, se considérant comme déshonoré, il ne voulait plus
jamais entendre parler de lui. Et soudain, brus-
quement, le dur s'effondra en larmes.
Je rencontrai très vite les parents et leur parlai
longuement. La réconciliation eut lieu. Il y a
maintenant bien longtemps que le jeune homme
est sorti de Fresnes. Il a pris la bonne route et
retrouvé complètement l'affection des siens.


Aimer, c'est avant tout accepter. Accepter
l'autre tel qu'il est et non pas tel que nous le
voudrions. Aimer, c'est donner, donner de la
tendresse, de la compréhension. Le Christ a dit :
« Tu aimeras ton prochain comme toi-même »,
c'est-à-dire avec indulgence et bonté.
L'erreur majeure des êtres, c'est de confondre
la passion égoïste et le véritable amour. Pourquoi porter à une créature humaine l'adoration
qu'elle n'est pas capable de supporter, qu'elle ne
demande généralement pas et qui n'est due qu'à
Dieu ?
J'ai eu l'occasion de lire *L'Adoration* de Jac-
ques Borel, prix Goncourt 1965. Peu de critiques,
me semble-t-il, en ont vu le sujet principal. Il ne
s'agit pas, en réalité, de l'adoration d'un fils
pour sa mère, ni de celle, évidente pourtant, de
la mère pour son fils, ni même de celle du fils

pour telle ou telle de ses maîtresses, pour sa femme ensuite ou pour un célèbre professeur au Collège de France, mais bien de l'adoration en soi : ce sentiment excessif d'une créature pour une autre créature. Le roman tout entier démontre que cette adoration insensée n'aboutit qu'à des désastres. C'est à vrai dire une démonstration par l'absurde, comme l'était aussi *Huis clos* de J.-P. Sartre.

Mais revenons à M. Aymard et à sa théorie. Je dirai simplement ceci : « Non, ce n'est pas du paternalisme que l'on fait à Lorient. Non, ce n'est pas du paternalisme que fait le père Javouen à bord de son *Bel-espoir*. Non, ce n'est pas du paternalisme que l'on fait à l'Ilot [1]. On y donne avant tout une présence attentive. On y répartit les bénéfices au mieux des intérêts de tous et on permet ainsi à un grand nombre de pensionnaires de reprendre pied dans la vie. Je préfère de beaucoup ce système à ce libre-service institué actuellement dans les prisons, libre-service qui entretient la paresse, le vice, et ne débouche finalement sur rien.

J'ajouterai que, dans notre conception confessionnelle, il ne faut tout de même pas oublier

---

1. L'Ilot : cf. *Pour une brebis perdue,* Maisons d'accueil dirigées par des ménages qui permettent de vivre dans une ambiance familiale.

que seul le Christ peut changer l'homme. Il est notre unique Sauveur. « Nous étions par nature enfants de la colère, comme les autres, écrit saint Paul aux Éphésiens, mais Dieu, qui est riche en miséricorde, poussé par l'excessif amour dont il nous a aimés et alors même que nous étions morts par suite de nos fautes, nous a rendu la vie avec le Christ, il nous a ressuscités avec lui. » (Éphésiens, III, 3-6.)

Je me devais de le rappeler, car dans toutes nos prisons, du temps des Allemands comme au lendemain de la Libération, comme aussi de nos jours, des hommes ont ressuscité grâce au Christ pour une vie nouvelle. D'autres que moi en ont témoigné. M. Marty, l'ancien directeur des prisons de Fresnes, me le rappelait lui-même à sa dernière visite. Brasillach l'a chanté dans ses admirables poèmes, des politiques non chrétiens ont tenu à en rendre témoignage.

Oui, il faut écouter les détenus. Il faut les aimer et les aider. Pour cela, il faut leur permettre d'accomplir une tâche quotidienne, un travail qui occupe, brise la solitude, exige un effort.

C'est une erreur de leur laisser le choix. C'est à vous, éducateurs, à décider de ce qui conviendra le mieux à chacun. Aux jeunes qui sont intelligents, faites suivre des cours, invitez-les à se dépenser dans le sport. Ne permettez pas qu'ils restent vautrés sur un lit toute une journée, car alors c'est vous qui les incitez au vice.

La plupart d'entre eux apprécieront d'apprendre un métier. Certes, bien souvent, il suffit de leur proposer de devenir plombiers pour qu'ils désirent être maçons. Laissez-les faire ce choix-là, mais ne parlez plus de libre-service dont ils profiteront pour toucher à tout et ne rien faire. Mettez-les tous au travail et soyez sûrs qu'ils y trouveront rapidement un grand intérêt.

J'avais entendu parler, naguère, du directeur de la maison centrale d'Eysses, et récemment j'ai trouvé un compte rendu fait par Dominique Lempereur. Je suis trop heureux d'en communiquer ici les grandes lignes :

« Certains gardiens et directeurs veulent juger deux fois le détenu. Ils recommencent son procès et ils ont tort. Quoi qu'ils aient fait, tous les détenus ayant franchi la lourde porte sont semblables. Il faut leur donner les moyens de se réhabiliter. Pour cela une règle primordiale : la discipline. Le détenu doit s'y plier et travailler. Si la " bande jaune ", frontière du permis et de l'interdit, n'est pas franchie, le détenu doit être libre de faire ce qu'il veut, dans le cadre prévu.

« Le système pénitentiaire a été réformé, profitons-en : télévision aux heures de loisirs ; cinéma une fois par semaine ; très vaste bibliothèque de huit mille livres et surtout club de sports et de loisirs (cotisation : 10 F par an).

« De plus, les détenus d'Eysses sont les seuls

au monde à publier un mensuel, *Myosotis,* rédigé et imprimé en prison. Celui-ci est vendu à Ville-neuve-sur-Lot ou par abonnement. Enfin, il existe une troupe de théâtre. Les étudiants du collège voisin, les habitants de Villeneuve franchissent alors les quatre énormes portes qui séparent liberté et détention. Leurs pas s'arrêtent à la salle de spectacle, certes, mais il n'empêche qu'à leur arrivée des fauteuils sont occupés par ceux dont ils ont lu les exploits dans les journaux, souvent de la mauvaise graine.

« Eysses, dit l'un de ces derniers, c'est vieux, c'est pourri. Les " clapiers " sont sales. On n'a la douche qu'une fois par semaine et, le matin, on se lave à l'eau froide. Et puis, il y a des puces... Mais on s'en fout, on préfère être là que dans une prison modèle, car on y fait du sport deux heures par jour et on peut recommencer à penser sérieusement et à réfléchir.

« Le samedi, on voit nos familles, mais ce n'est plus à travers la vitre du parloir commun qui empêche de se toucher la main. On assiste au spectacle à côté de nos femmes, de celles qui ont eu la patience et les moyens de nous attendre.

« A présent, on peut embrasser nos gosses. Ici, on se rend compte de ce qu'on a perdu et c'est peut-être cela qui nous empêchera de recommencer... »

# IV

## LA CRIMINALITÉ DE NOS JOURS

VI

Péguy disait : « L'homme, ce monstre d'inquiétude, veut savoir, savoir sans restriction ce qui a été, ce qui est et ce qui sera. Il a besoin de vérité pour résoudre le problème de sa vie, le problème humain. »

Pour ce qui a été, à moins d'étudier l'histoire du monde, nous ne pouvons guère que considérer notre propre vie, réfléchir aux moments qui ont changé le cours de notre existence, et en tirer la leçon.

Pour ce qui est, nous devons honnêtement admettre que nous sommes dans un monde en pleine mutation. Le progrès matériel est tel que le passé semble n'avoir jamais existé. Et les hommes, éperdus d'admiration devant leurs découvertes et les résultats qu'ils obtiennent, ne songent même plus à l'importance primordiale des valeurs spirituelles qu'ils négligent complètement.

Il en résulte un très grand déséquilibre car l'homme, créé à l'image de Dieu, ne peut vivre sans être regardé, respecté et aimé.

Dans ce désarroi moral, la politique et ceux qui l'animent tiennent une place privilégiée. Il est plus facile de se rallier aux quelques slogans prometteurs d'un parti qu'à une recherche studieuse et approfondie du sens de la vie. Les promesses faites au cours de campagnes électorales sont assez souvent empreintes de générosité, mais l'expérience nous a prouvé qu'elles ne changent pas grand-chose. Il suffit de se reporter à nos livres d'histoire pour se rendre compte que les guerres elles-mêmes, malgré les sacrifices immenses qu'elles représentent, ne modifient rien.

Ainsi les Anglais, qui longtemps ont été nos pires ennemis, sont devenus, au cours des deux dernières guerres mondiales, nos « sauveurs » et nos meilleurs amis et, néanmoins, ils ne cèdent rien dans leurs rapports avec le Marché commun. L'Allemagne, si terrifiante hier, semble être — du moins celle de Bonn — notre plus cordiale alliée.

N'oublions pas que rien de ce qui est humain ne dure, bien que l'homme s'obstine à vouloir construire du définitif. Le monde, imperturbable, poursuit sa course alors que l'homme ne fait que passer sans toujours laisser une trace. Il s'en tient donc le plus souvent aux horizons de son pays, à la maison où il vit, aux idées, aux mœurs, aux habitudes de son milieu social. Il les aime et parfois les défend, parce que ce sont les siens.

Par ailleurs, les hommes ont besoin de vivre ensemble. Mais il leur est aussi difficile de s'entendre que de se passer les uns des autres. Les plus forts exploitent les plus faibles : inutile de prétendre le contraire et de juger sévèrement les capitalistes alors que les communistes, en Russie, par les membres du Parti, ont établi un régime autoritaire.

Mais les soucis matériels dont on ne cesse de nous montrer les causes et les conséquences ne sont pas les plus importants. Sur les visages se marque avant tout la douleur qui ronge le cœur ou l'angoisse que cause un accident de santé.

Jamais l'homme n'a atteint des perfectionnements techniques aussi importants que maintenant, et jamais non plus sans doute il n'a été aussi malheureux et inquiet de son avenir. Le développement extrême de la science remet tout en question. Les moyens de communication font partager d'heure en heure les hontes et les drames de la planète entière. La médecine a fait des pas de géant dans ses découvertes si bien que la terre est encombrée par ceux et celles qui atteignent un âge avancé. La machine, tant souhaitée et qui a révolutionné le XIX° siècle, déboulonne le travail de l'homme et les jours de grève de plus en plus fréquents perturbent les travailleurs parmi lesquels se glissent fréquemment les loubards qui en profitent pour tout casser.

Les villes deviennent d'énormes tours de Babel où les uns se murent et se désespèrent, où les autres se regroupent et cherchent à compenser au mieux ce qui leur manque pour mener l'existence qui les tente.

Or, par un contraste étonnant, alors que les pourparlers internationaux se multiplient, que les patrons travaillent en collaboration étroite avec leurs cadres, que les syndicats sont très actifs, dans les familles le silence est de règle. Chacun garde pour soi le souci qui le mine et, là où devrait régner la confiance, personne ne s'épanche, personne ne s'exprime. Ainsi mûrit une violence que l'incompréhension de l'entourage fait un jour éclater.

Et l'on en arrive à cette déclaration du professeur Léaute, directeur de l'Institut de criminologie de Paris : « La France s'imbibe de délinquance comme une éponge le ferait d'eau et de sang. La délinquance juvénile et la criminalité féminine sont en hausse vertigineuse. Il y a six ans, elle représentait 9,44 % de la délinquance générale. La proportion est de 14 % en 1977. En cette même année, 82 151 mineurs ont été déférés à la Justice. »

Ce qui est plus grave, c'est que l'on compte 18,69 % de jeunes dans la grande criminalité. Le monde, soudain, prend peur devant la provocation des uns et la violence des autres.

M. Verin, magistrat, a indiqué lors d'un congrès de criminologie : « On peut avancer maintes causes : économique, sociale ou politique pour expliquer la vague de banditisme, mais nulle ne me paraît plus éclairante que le désarroi moral de nos sociétés, la contamination de l'immoralité et de la criminalité qui règnent entre les Nations ;

c'est à un affrontement de morales que nous assistons ; la morale monstrueuse des États va-t-elle détruire peu à peu sous nos yeux la morale des individus ? »

Depuis des années, les crimes se multiplient dans le monde. Au Liban, ce pays déchiré que tant de nos compatriotes ont marqué de l'empreinte chrétienne ; au Viêt-nam, au Cambodge où des atrocités se perpétuent encore de nos jours ; en Afrique où l'indépendance a bien souvent apporté famine et misère : partout, ce n'est que provocations et mensonges sous les plus fallacieux prétextes. Il en résulte une inquiétude qui déboussole les peuples et une confusion qui amène les pires désordres.

L'homme n'est plus qu'un simple objet que, selon les besoins, on met en valeur ou on rejette. Quand M. Poniatowski affirmait, avec courage, que la responsabilité de certains crimes revenait à ceux qui partagent une même idéologie, il avait raison. A tel point que ceux qui étaient visés réclamèrent à grands cris son départ : ils n'admettaient pas que l'on puisse s'opposer à la création du paradis sur terre qui suivrait — ils le certifiaient — la nécessaire destruction de la société capitaliste.

Il paraît évident qu'à l'heure actuelle on détruit surtout pour le plaisir de détruire : voyez les banquettes neuves du métro lacérées au rasoir ou couvertes de dessins obscènes ; voyez dans les autobus, dans les trains... Partout, si on a la chance de ne pas être attaqué directement, on est agressé par des inscriptions immondes et virulentes. On a multiplié les téléphones publics, mais les cabines sont souvent rendues inutilisables. Et si le vandalisme scolaire, qui s'est épanoui en mai 1968, s'est quelque peu apaisé, des affiches aux portes de certaines facultés se chargent de sa propagande.

Les pelouses des jardins, des squares, ne restent en bon état que si elles comportent une grille ou une barrière de délimitation : on n'apprend pas aux petits enfants qui y jouent à respecter gazon, massifs et arbustes. Quant aux parcmètres, ils sont pour la plupart ou trafiqués ou dévalisés, et cela a coûté, en 1977, un million quatre cent mille francs pour trois mille quatre cents appareils détériorés !

Si on détruit Fauchon, magasin de luxe, avec des explosifs, on fait sauter aussi la gare de Villepinte et beaucoup de locaux administratifs. N'est-ce pas le début d'une guérilla et n'est-elle pas à base politique ?

Pour la seule journée du 25 janvier et la nuit du 25 au 26, comme le signalait un grand journal, huit hold-up et agressions à main armée ont été enregistrés par les services de la Préfecture de Police et cela malgré l'important dispositif policier mis en place pour retrouver les ravisseurs du baron Empain et leur otage.

Dans les Yvelines, vingt-cinq tableaux de maître ont été volés dans une propriété. Ailleurs, on entreprend de vider des châteaux en simulant des déménagements. Les autonomistes bretons s'attaquent au château de Versailles... Et *Le Monde* a mis en bonne place les phrases de M. Xavier Grall au lendemain du jugement des auteurs de cet attentat. Il est très utile de s'en souvenir : « Cet acte a une signification autrement politique que les sabotages des perceptions. Pour un Breton, ou tout au moins pour celui qui est fermement décidé à le rester, que peut représenter Versailles, sinon le symbole du pouvoir absolu, du centralisme le plus rigoureux ? »

En l'espace de trois mois, quatre gangsters ont commis seize hold-up. Certains sont affreux. Vous souvenez-vous de ceux-ci : Yves Maupetit et Janine Terriel étaient fermement décidés, quand ils sont entrés un dimanche dans une villa de Sucy-en-Brie où le père, la mère et leurs deux enfants regardaient la télévision. Le père, sans perdre son sang-froid, ose dire : « C'est une plaisanterie. » Il est aussitôt abattu. Les enfants sont attachés au radiateur et l'un est frappé à la jambe. On entraîne alors la pauvre mère et, après des heures de fouille de la demeure, on la supprime d'un coup de fusil dans l'œil.

En fuyant, les deux complices blessent encore plusieurs agents et tuent l'un d'entre eux. L'homme fut arrêté à Valence quelque temps après car, comme tout truand, il ne put supporter de ne pas continuer ses infâmes besognes. Le racisme aussi fait des ravages : on insulte les Noirs, on les provoque dans le métro quand on ne les pousse pas sur la voie au passage d'une rame... comme ce fut le cas pour Jean Yapa, jeune garçon de vingt ans, à la station Jules-Joffrin.

Le métro et le magnifique RER qui relie en dix minutes la gare de Lyon à l'Étoile sont devenus non seulement le refuge des clochards et des artistes de tous bords en mal d'exercice, mais les grands couloirs sont fréquemment les repaires privilégiés des loubards. Comment oublier cet employé de la R.A.T.P. et ce jeune gendarme poignardés à la station Montparnasse-Bienvenüe ?

Il faut signaler encore ces jeunes qui, en auto, s'amusent à pousser d'autres véhicules dans les fossés, semant à plaisir la frayeur et la mort dans des poursuites insensées.

Et les lâches qui attaquent les femmes isolées ? A Paris, on a dénombré, en 1977, quatre mille six cent vingt-huit agressions de femmes seules. Un gérant de café a découvert le jeudi 8 mars 1979, vers vingt-deux heures trente, le corps d'une jeune femme de vingt-six ans, mère de deux enfants, sauvagement frappée de six coups de couteau au ventre et à la poitrine. Le contenu de son sac à main était éparpillé sur le sol.

Enfin, il faut dénoncer la prostitution des jeunes. De plus en plus, des gamins de quinze ans quittent le domicile de leurs parents. Sur des milliers de fugueurs, la police en récupère heureusement un très grand nombre, mais il y en a quand même 5 à 8 % qui échappent à tous les contrôles.

A la faculté de Vincennes, en février 1979, quatre étudiants furent inculpés de détournement de mineurs. Le président de Paris VIII a reçu une dizaine d'enseignants (en sciences de l'éducation et en économie politique) qui lui ont demandé d'autoriser des mineurs à rester à l'université et, comme le précise Gérard Jovene dans son article : « Il s'agissait de fugueurs que ces " éducateurs ", soucieux, disaient-ils, de rester à l'écoute des jeunes, souhaitaient aider à faire valoir leurs droits et décider eux-mêmes de leur vie. Ils réclamaient, en outre, un soutien moral et financier. »

Une fois de plus, comme il en a le secret, Max Clos a dénoncé ce scandale : « Cette histoire est à vomir... Il ne s'agit pas de principes, il s'agit de choses simples : quelques saligauds, sous le couvert de l'université, trafiquent de la chair fraîche. »

Alors que nous en sommes là, le cas de Mesrine — ce tueur qui a raconté ses trente-neuf crimes avec tant de complaisance dans un livre qui lui a permis de s'offrir le luxe d'avoir à son service seize avocats — apparaît encore plus scandaleux.

En effet, n'est-il pas scandaleux que, quelques jours après son évasion spectaculaire de la Santé, ce même homme entende de nouveau faire parler de lui et devenir pour tous le modèle, le dieu de ceux qui veulent renverser cette société minable composée de faibles et de pauvres types ? Ne se présente-t-il pas au casino de Deauville, revolver au poing : « Je suis Mesrine, vous avez sans doute entendu parler de moi. » Il se rend ensuite chez ce président, ce juge qui avait trop tendance à « jouer les mauvais flics ». Et cet homme se taille dès lors d'autant plus une image de marque qu'il s'évapore toujours dans la nature, non sans avoir eu l'audace de fixer un rendez-vous à l'une de ses avocates dans le hall même de la gare Saint-Lazare et de rédiger un papier à l'intention d'une journaliste.

Je ne mets pas en doute le sérieux de notre police mais comment empêcher les honnêtes citoyens de penser, devant ce regain de violence, qu'un travail de sape est ordonné et dirigé ?

Tous les jours ont lieu une dizaine de hold-up rien qu'à Paris. Une vingtaine pour le reste de la France. Des centaines d'agressions, des milliers de cambriolages, des dizaines de milliers de vols ou méfaits divers.

A Strasbourg, un ministre étranger est attaqué et grièvement blessé. A Cherbourg, un notaire est battu à mort « pour le plaisir ». A Paris, un juge et toute sa famille sont ligotés dans leur appartement saccagé entièrement sous leurs yeux.

Détruire pour le plaisir de détruire.

Les « autonomes » n'ont-ils pas revendiqué ce droit dans le quartier de la gare Saint-Lazare en février dernier : une trentaine de garçons et de filles, visages masqués de foulards ou de cagoules, casqués, armés de gourdins, de barres de fer et de cocktails Molotov, surgissent un samedi vers dix-sept heures alors que la foule se presse vers les magasins. En quinze minutes, ils sèment la terreur et brisent tout sans raison, pour s'amuser.

Un coup de téléphone à l'Agence France-Presse revendiqua cette stupéfiante action de vandalisme au nom des « Groupes autonomes ». Les « Brigades autonomes révolutionnaires » ont précisé que leur action était dirigée « contre les marionnettes du pouvoir et les responsables de la hausse des prix... » Il se révéla que les quatre « autonomes » arrêtés en flagrant délit étaient des étudiants militants extrémistes.

Ils se disaient étudiants ! Ces minables incapables de s'exprimer lors de leur jugement !

Mais l'action avait été parfaitement organisée.
Il est regrettable pour *L'Humanité,* qui dénonçait les « méthodes fascistes », qu'un journaliste du

quotidien *Libération* ait tenu à préciser : « Un coup de fil et je me trouve samedi à seize heures précises devant la gare Saint-Lazare. Une tape sur l'épaule : " Ça ne fait pas trop longtemps que je t'attends. Tu vas voir, on va faire une action contre la vie chère ". »

Max Clos, qui suit les événements, a justement fait remarquer, à la suite de ces incidents : « Il s'agissait de bafouer l'autorité de l'État. C'est fait. Or, la France douce ne se veut surtout pas répressive. Elle désire avant tout comprendre les raisons de l'adversaire... Elle a attendu avec sympathie la prise du pouvoir au Viêt-nam par une mythique " troisième force " balayée en quelques heures par l'un des régimes communistes les plus durs du monde... »

La douce France m'est trop chère pour que je ne crie pas : comprenez donc enfin que pour certains de ces hommes de gauche l'efficacité passe avant la liberté, et l'usage de la force subversive leur paraît naturel pour arriver à leurs fins.

Jean Onimus, dans son livre *Face au monde actuel,* fait une excellente analyse. « Le propre de l'irrationaliste est de se croire inspiré et de parler comme un mage : ne pouvant s'appuyer sur la raison, il lui faut déclencher les enthousiasmes, voir les fanatismes, et c'est porté par la violence qu'il conquiert les foules, car l'irrationaliste est par nature impérialiste et totalitaire. »

Et il précise plus loin : « Tout l'acquis des

civilisations méditerranéennes se trouve remis en question comme si, par-delà tant de siècles d'humanisme, nous cédions tout à coup aux ivresses primitives, plongeant dans cette nuit de larmes que les Grecs avaient si patiemment éclairée et balisée, plongeant dans ce chaos confus d'où les sages avaient lentement fait émerger la conscience rationnelle. »

Et, parlant de l'homme moderne qui est si spécialisé pour faire fonctionner et progresser les machines, il le montre par ailleurs incapable de diriger sa vie personnelle et familiale. « L'outil n'est plus adapté à la vie. »

Tout cela est vrai. Il en résulte que le monde a froid. Froid parce que, sur notre terre durcie, trop d'êtres sont sevrés d'esprit humain et par là même privés d'espérance.

Ce n'est pas sans raison que les jeunes parlent toujours d'amour. Mais il leur manque la dure expérience de la vie et surtout l'idée de Dieu, qui est amour. Ce qu'ils nomment amour, ce n'est plus le merveilleux don réciproque, c'est la possession de l'autre. Au lieu de donner pour recevoir, ils veulent jouir sans donner, ils sont menés par un égoïsme profond. L'amour, le véritable amour, doit avant tout faire vivre, laisser vivre surtout et vaincre l'ennemi le plus redoutable du plus beau sentiment du monde : notre moi.

Tout ce qui oppose collectivement l'homme à l'amour de Dieu passe par son prochain. La faim dans l'univers, les luttes fratricides, les persécutions raciales et politiques, les guerres, toutes les guerres, en portent la responsabilité.

En étudiant le schéma XIII du Concile Vatican II, *L'Église et le monde d'aujourd'hui,* on découvre tout le programme d'aménagement du monde, qu'il soit social, politique, économique. On y propose aux hommes d'aujourd'hui une libération.

Il est normal que s'y rencontrent ceux qui prennent la défense des droits d'un ordre naturel communs à l'humanité. Cependant, répétons-le une fois de plus, l'originalité de la délivrance chrétienne demeure entière et pour deux motifs : elle affirme que la guérison du mal ne peut se faire sans l'intervention de Dieu, mais aussi qu'elle ne peut se faire sans que l'homme accepte Dieu.

Comment chacun de nous peut-il participer à la délivrance de tous ?

Je dirai qu'il est avant tout urgent de prendre plus d'assurance, plus de fermeté : trop de chrétiens ont peur. Pour cela, rappelons-nous la première consigne donnée par Jean-Paul II : il savait, lui, par expérience, que ceux qui sont habités par Dieu doivent toujours faire preuve d'une confiance absolue en Lui.

Défendons la dignité de l'homme en exigeant

que les moyens de communication, ces envahissants *mass media,* cessent de se faire les apologistes des tueurs, des tyrans, des détraqués de toute sorte et parlent davantage de ceux qui agissent pour le bien et le réveil de tous. Et, surtout, veillons à nos enfants. Rétablissons le dialogue avec eux, ne les abandonnons pas si facilement et si entièrement à des mains étrangères. Examinons l'enseignement qui leur est donné.

Enfin, prenons sur nous de ne pas toujours être négatifs en critiquant, en dénigrant, en divisant, en décourageant les moindres velléités. Au contraire, rayonnons autour de nous, apportons simplement la joie et la paix que nous donne cette communion réelle avec le Christ Jésus.

# V

## JUGER LES HOMMES

Il est bien difficile, pour un juge, de porter, en toute conscience, un jugement décisif sur un homme, tout comme pour un psychiatre de déterminer la réelle part de responsabilité de son patient.

Il est d'ailleurs un domaine où la justice légale ne pénètre jamais, c'est celui de la volonté. Un homme a voulu tuer mais les circonstances ne le lui ont pas permis : à moins d'abolir toute loi morale, nous devons considérer cet homme comme coupable. Ce n'est pas le geste en lui-même qui est criminel (on ne juge pas les fous), mais la volonté libre. Or, cette volonté-là, la loi l'ignore tant qu'elle ne se traduit pas par des actes.

Le psychiatre émet des hypothèses, le médecin établit un diagnostic, mais tous deux sont incapables de définir de façon précise l'état profond de l'individu qu'ils auscultent. La vraie psychologie de leur malade leur réserve bien des surprises. Alors, comment faire comprendre et admettre qu'un assassin peut bénéficier parfois de larges circonstances atténuantes, surtout à l'heure actuelle où le monde entier répond à la violence par la même violence ?

J'ai connu, entre 1946 et 1956, un grand nombre de magistrats dont certains m'honorent encore de leur amitié. Combien de fois ne m'ont-ils pas confié à quel point ils auraient souhaité être à ma place ? « Nous, me disaient-ils, nous ne connaissons les inculpés qu'à travers les dossiers du juge d'instruction. Cela est infiniment regrettable. Il nous est impossible de nous faire une idée exacte de celui qui n'est devant nous que pendant quelques heures d'horloge et qui, de plus, n'a qu'un seul souci : nous échapper. »

Il est vrai que, moi, je connaissais mieux ces hommes et ces femmes, car il m'était permis de m'entretenir très librement avec eux, de les surprendre même dans leur comportement. Et, par ailleurs, je pouvais entrer en contact avec leurs familles à mes permanences du Secours catholique.

Cependant, malgré le désir que j'avais de leur venir en aide, je n'y parvenais pas toujours car nous ne parlions pas le même langage et nos vues sur l'honneur, l'amour, la vie étaient trop totalement différentes.

Mais, de nos jours où il n'est question que de liberté, qui sait ce qu'est réellement la liberté ?

Que d'hommes, sincèrement désireux d'être libres, se laissent enchaîner par leur propre existence !

Parmi les détenus, beaucoup sont des paranoïaques, des révoltés, que leur folie aveugle. D'autres, et c'est le plus grand nombre, sont surtout des victimes d'un manque d'amour.

J'ai toujours conservé un article du *Figaro littéraire* paru au lendemain des événements de mai 1968. On y citait les réflexions d'un étudiant : « Notre civilisation souffre d'un mal terrible, mortel peut-être, qui s'appelle le vide spirituel... Nous avons le pain, la machine, la liberté extérieure, mais nous ne sommes pas seulement pétris dans la matière : le meilleur de nous-mêmes a faim. C'est, selon moi, à cause de l'effondrement des valeurs spirituelles essentielles (religion, art, amour) que les jeunes sont descendus dans la rue... Ils se battaient par manque d'âme... »

Tentez donc d'approcher seul à seul ces hommes meurtris par la vie. Ils vous crieront leur mal et, bien souvent, après les violences ils laisseront couler leurs larmes quand ils sentiront que vraiment vous les écoutez, non pour les juger mais pour essayer de les comprendre.

Hélas ! l'orgueil conduit souvent l'homme à se débattre seul, d'autant plus seul qu'il ne sait plus lui-même où il en est. Au lieu de se sauver, il s'enfonce davantage. Perdu et désemparé, il immole toute personnalité à un groupe qui s'en sert à son gré. Alors les chaînes qu'il se forge ainsi le tiendront longtemps prisonnier.

J'ai agi de mon mieux pour aider ceux qui voulaient bien me faire confiance. J'ai réussi à en sauver quelques-uns, trop peu malheureusement. Que de fois, en écoutant leurs confidences, je me suis souvenu de la réflexion du docteur Alexis Carrel : « La civilisation moderne se construit sans connaissance de notre vraie nature. Le matériel a été isolé du spirituel. Il faut réintégrer l'esprit dans la matière. » Mais comment parler du spirituel à des hommes traqués même s'ils ont été élevés chrétiennement ? Ils confondent tout. Ils s'enferment dans leur personnage. Comment alors évaluer leur « responsabilité » ?

Il faut toutefois reconnaître que la grande majorité des détenus sont devenus criminels pour de l'argent, vrai motif de leurs actes. Et, comme le précise un rapport de la Direction centrale de la police judiciaire, ceux-là sont les plus nombreux : 80 %. Mais il y a aussi les autres : les passionnels, les sexuels, les pathologiques qui forment un monde très à part.

Pour mieux comprendre le cas de conscience du juge et du psychiatre, je rappellerai ici que, le 19 mars 1977, à Dieppe, une jeune femme de vingt et un ans enferme dans une chambre ses deux enfants, François-Xavier, quatre ans, et

Sébastien, deux ans. Pour toute nourriture : trois assiettes de pâtes et une bouteille d'eau. Pendant des jours, les deux enfants ont dû hurler, pleurer, gémir, sans émouvoir les voisins. Sylvie Joffin, la mère, ne s'est plus préoccupée d'eux. Elle passait ses nuits dans les discothèques. Elle allait relever son courrier au rez-de-chaussée de son immeuble sans monter chez elle. Ce n'est que le 4 avril qu'elle a confié à sa mère que les deux enfants étaient morts de faim. On a retrouvé les cadavres gisant parmi les jouets, l'un sur un matelas, l'autre sur le parquet près de la fenêtre. Sylvie Joffin avait été abandonnée, l'été précédent, par son mari, Fabrice Le Felher, parti pour l'Allemagne.

Aux assises, ce dernier n'a été cité que comme témoin et Sylvie Joffin a été condamnée à douze ans de réclusion criminelle.

Écoutons maintenant le médecin psychiatre interviewé par un correspondant de *L'Express* : « Enfin, docteur Leyrie, cette femme a laissé mourir de faim ses deux enfants et vous avez déclaré aux assises que c'était l'acte d'une personne normale. — Réponse du docteur : Si vous admettez que tout acte monstrueux, aux yeux de notre sensibilité ou de notre morale, est un acte de folie, il est inutile non seulement de demander une expertise mentale mais de réunir une cour d'assises. Sylvie Joffin était mentalement normale. Elle vivait à Dieppe dans un désarroi total. Son compagnon l'avait abandonnée avec ses deux enfants. Elle n'avait pas d'argent, pas d'amis. Sa famille était indifférente et elle était trop jeune pour tenir le coup. Et, tout à coup, cette jeune femme qui laisse ses enfants manger le papier des murs de la chambre devient bien gênante si l'on dit qu'elle est normale. Il est plus facile de dire : elle est folle, elle est " autre ", on l'interne. Quand on l'interne, on a bonne conscience, on lui dit : " C'est pour votre bien. Vous êtes une pauvre malheureuse fille qui ne tourne pas rond. On va vous soigner, on ne vous condamne pas. " Tandis que si on lui dit : " Ce que vous avez fait, vous en êtes responsable ", et que l'on ajoute : " Mais nous sommes aussi en partie responsables ", alors là, c'est beaucoup moins confortable. »

Et comme on insiste auprès de lui : « Que fallait-il faire ? » il répond : « On arrive toujours trop tard. A partir du moment où les gens ont basculé, ce n'est plus de la prévention. On prend en charge des situations déjà dépassées. »

Nous aurons l'occasion de revenir sur notre responsabilité personnelle, mais j'ai tenu à citer ce cas, qui illustre à mon avis la détresse immense des uns, la lâcheté de beaucoup, le misérable petit calcul des hommes et l'absence totale d'âme.

Il ne m'appartiendrait pas de parler du « mal judiciaire » si notre ministre de la Justice ne l'avait pas dénoncé lui-même. Je n'ai jamais en effet critiqué pour critiquer en me joignant à ceux qui entendent remettre en cause les institutions soit dans l'Église, soit dans la Justice, dont je n'ai jamais pu me désintéresser après dix années passées comme aumônier à Fresnes.

L'hebdomadaire *Valeurs actuelles* des 3 et 9 juillet 1978 a annoncé qu'un certain nombre de membres du barreau parisien avaient décidé de créer une association pour la « Justice impartiale » en réponse à l'apostrophe d'un substitut de Marseille qui, parlant à l'École de la magistrature, a dit aux juges de demain : « Soyez partiaux, ayez un préjugé favorable pour la femme contre le mari, pour l'ouvrier contre le patron, pour le voleur contre la police, pour le plaideur contre la Justice... » Ce programme ne comporte pas d'ambiguïté, mais comment veut-on après cela que le citoyen ait confiance dans la Justice et la respecte ?

Cette École de la magistrature, fondée il y a vingt ans par Michel Debré, à Bordeaux, a fait déjà couler beaucoup d'encre.

L'action syndicale s'est rapidement orientée autour de deux axes : lutte contre la hiérarchie et création de nouvelles solidarités avec les citoyens.

Dans la lutte contre la hiérarchie, on cherche à tout faire connaître de l'institution judiciaire et de ses mécanismes. Il s'agit d'obtenir que les « justiciables » réfléchissent à la justice qu'ils souhaitent. Et là, le Syndicat de la magistrature s'est solidarisé avec les centrales ouvrières.

Ce même syndicat a fait comparaître un ancien garde des Sceaux en correctionnelle. En appel, M. Foyer a eu gain de cause car, contrairement à ce qu'avait affirmé le syndicat, il s'agissait bien de mettre en place une hiérarchie parallèle afin d'utiliser la justice comme instrument révolutionnaire.

Il suffit pour s'en convaincre de se reporter aux déclarations de Mme Monique Guemann, membre influent du Syndicat : « Il n'y a pas une chose qui s'appelle la Conscience et qui aurait valeur nominative. Il n'y a que ce dont on s'aperçoit aujourd'hui qu'elles ne sont que des façades qui se lézardent pour laisser apparaître une autre réalité : le maintien des privilèges d'une minorité de possédants au détriment du plus grand nombre. »

Il émerge actuellement des conflits sociaux d'autres valeurs qui ne sont pas seulement des mots ou des mythes car elles ont un contenu d'actes qui attestent leur authenticité.

Le président Amyot, à la Cour de cassation, lors de la séance de rentrée en 1975, affirmait très justement : « Il faut que chaque homme dans notre pays puisse venir vers vous dans la certitude de votre totale neutralité. La probité de notre état exclut toute restriction mentale. Elle exclut aussi tout engagement qui risquerait de faire de vous un combattant alors que vous avez choisi, que vous avez juré, d'être un arbitre. Un homme engagé n'est plus tout à fait un homme libre et un juge qui n'est plus tout à fait un juge libre est condamné tôt ou tard à perdre son âme. »

Il existe donc, dans la magistrature comme ailleurs, des gens qui se sont mis au service de ceux qui souhaitent tout détruire, mais fort heureusement il y a aussi ceux dont on ne parle pas et qui, en leur âme et conscience comme le veut la loi, poursuivent, en dehors de toute influence, leur difficile travail de juger les hommes.

M. Alain Peyrefitte a traité de ce mal dans plusieurs articles parus dans *Le Monde* en janvier 1979. Après avoir brossé un tableau de l'histoire de la justice et rappelé les mots de M° Badinter présentant, il y a vingt ans, la Justice comme morte et s'écriant : « Ressuscitons-la ! », il souligne à quel point ces paroles ont gardé leur pouvoir d'interpellation. Comment s'en étonner alors que la Justice, « point d'équilibre d'un pays, en devient aussi le point de mire » ? Ne sommes-nous pas dans un monde d'autant plus instable que tout y est remis en question et que les vraies valeurs et les vraies certitudes sont en cause ?

Le garde des Sceaux, courageusement, précise : « A-t-on assez mesuré hier le tort que de pareilles attitudes ont porté au corps judiciaire ? Mesure-t-on assez aujourd'hui que celui-ci en a parfaitement pris conscience, y compris dans ses éléments les plus jeunes ? La blessure a été profonde et il faut que les Français sachent maintenant qu'elle se cicatrise bien. »

Il se plaît ensuite à souligner la compétence des magistrats, le travail qui est le leur en présence de tous les dossiers qu'ils doivent étudier. Il rend hommage à leur courage au moment justement où certains d'entre eux viennent d'être victimes de tant de violences et l'objet de tant de menaces.

Il poursuit avec force : « Il n'y a pas, en France, un seul homme qui soit emprisonné ni même inquiété pour un " délit d'opinion ". Existe-t-il beaucoup de pays qui nous offrent une image aussi rassurante ? »

Pour ceux qui seraient tentés de se décourager devant les difficultés actuelles, notre garde des Sceaux ne cesse de revenir sur ce qu'il entend bien sauvegarder et qui, de fait, est l'essentiel : « La Justice n'est au service ni d'un régime politique ni de la magistrature. Elle est au service des justiciables, c'est-à-dire des Français. Pénétrés de cette idée, les magistrats devraient envisager avec sérénité les réformes nécessaires pour améliorer le service public auquel ils se dévouent. »

De ces réformes, nous avons déjà parlé et nous reparlerons dans le prochain chapitre. Je crois que, ce qu'il faut avant tout actuellement, c'est redonner confiance aux Français en renforçant comme on le fait la police et la gendarmerie. Habitant Maisons-Alfort, je suis bien placé pour parler du corps de gendarmerie [1], du groupe d'intervention n° 1 mis en avant dans des circonstances tragiques, et je tiens à leur rendre hommage. Ce sont eux qui sont intervenus à Clairvaux dans le cas des otages. Ils sont spécialisés dans les missions impossibles : de l'escalade à la plongée sous-marine, des sports de combat à la conduite automobile en passant par le parachutisme et le ski. Ils peuvent agir partout tant sur le territoire métropolitain que dans des pays lointains où des ressortissants français sont menacés.

Depuis leur création, en 1974, ils ont libéré cent cinquante et un otages. Il faut de plus en plus faire connaître leur efficacité pour briser à l'avance de spectaculaires actes de révolte ou de banditisme.

Autant je m'élève contre l'autodéfense qui a déjà entraîné tant de dramatiques conséquences car le Français est à la fois trop nerveux et trop émotif, autant je souhaite que la police et la gendarmerie puissent agir rapidement. Notre pays, comme bien d'autres, aspire à une plus

---

1. A Maisons-Alfort, tout autour de l'ancien fort de Charenton, sont les bâtiments de la Gendarmerie nationale dont le fameux groupe d'intervention nationale composé de deux officiers, deux adjudants et quarante hommes. La sélection mérite d'être signalée. Ces hommes sont choisis après trois ans de service et un entraînement intensif, six candidats reçus sur mille présentés et deux cents admissibles. La série d'épreuves est répartie sur six jours et sa formation dure huit mois. Ce groupe d'intervention est réservé aux missions les plus périlleuses, dans les cas de prises d'otages notamment.

grande sécurité ; et ce ne sont pas les comparaisons avec ce qui se passe ailleurs, et encore moins des statistiques, qui le rassureront. Il faut d'urgence se pencher sur le sort des honnêtes gens.

La Justice doit donc être totalement indépendante mais elle doit aussi devenir plus expéditive et surtout plus répressive. Ne parlons plus de sursis pour les récidivistes et de permissions pour les criminels.

Comme je l'ai déjà fait remarquer, il est très difficile de juger un homme que l'on ne connaît pas. Cependant, comment expliquer qu'un individu comme Yves Maupetit qui, avant dix-huit ans, fut arrêté à neuf reprises pour cambriolages et vols, qui fut envoyé régulièrement en prison de 1967 à 1976 pour cambriolages, coups et blessures volontaires, proxénétisme, port d'armes prohibées et escroqueries, comment n'a-t-on pas compris que cet individu allait devenir une bête féroce à écarter absolument de la société ?

La Justice assume une très grande responsabilité car elle doit non seulement condamner les malfaiteurs mais aussi pousser les hommes, tous les hommes, à réfléchir en faisant preuve d'une impartialité absolue, en maintenant le juste équilibre dont la nation dépend.

J'ai souhaité faire part de ces réflexions toutes personnelles pour y trouver l'occasion d'exprimer ce que ma longue expérience m'a appris. Je le fais d'autant plus simplement que je sais à quel point le passé a manqué de charité... et je songe à l'Inquisition, au séisme de la Réforme et aux révolutions.

Mais, justement, lors de ces terribles époques, étions-nous vraiment nous-mêmes ? Ou n'étions-nous pas plutôt les piètres instruments de ceux qui voulaient faire prévaloir leurs idées ? Il est toujours facile de s'affirmer par la force lorsque l'on refuse toute responsabilité. Il est beaucoup plus difficile de s'affirmer en analysant la portée de nos actes par rapport à autrui.

Lorsque ceux qui ont mission de juger ou d'aider les autres abandonnent leur costume civil au vestiaire, il faudrait qu'en même temps ils y oublient revues, journaux, idées personnelles, pour qu'en prenant place en face de ceux qui les attendent et qui se confient à eux ils soient vraiment à l'écoute de leurs interlocuteurs.

Vous, les juges, comme nous, les prêtres — et c'est ce qui fait la grandeur de notre fonction — nous devons prendre conscience qu'au-dessus de nous il y a le Sauveur, seul Juge et seul Prêtre.

Autant je déplore le fanatisme religieux, autant je reconnais que nous devons être de notre temps,

4

autant il faut bien admettre que, de nos jours, l'égalité dégénère en bas égalitarisme, jaloux de toute supériorité, et que la liberté n'est plus qu'un prétexte à toutes les licences.

Vous, comme nous, nous ne pouvons accepter plus longtemps de rester indifférents devant ces excès, à moins de trahir notre tâche. En prenant notre charge, n'avons-nous pas accepté d'être au service de tous pour leur plus grand bien ? Vous, en rendant une justice équitable et en protégeant la société contre toutes les violences ; nous, en invitant les hommes à placer leur confiance dans un Dieu d'amour.

Et nous nous rejoignons lorsque vous dites aux hommes de prendre davantage conscience de leur dignité et que nous les invitons à reconnaître qu'ils sont responsables d'eux-mêmes et de leur destinée.

# VI

## LA PEINE DE MORT
## OU LE BAGNE ?

L'intelligence, par ses seules ressources, ne peut rendre compte ni de l'origine de la vie ni de sa destinée.

Qu'est-ce que la vie ? D'une part elle nous apparaît absolument indépendante de nous. Nous existons avant d'en avoir conscience : l'époque de notre naissance, le lieu et le milieu où nous vivons, nos qualités comme nos déficiences naturelles, la durée de notre séjour terrestre nous placent, à l'égard de la vie, dans une situation de radicale impuissance. Nous sommes à la merci des événements. Et en même temps nous possédons le pouvoir d'utiliser les événements aussi bien pour notre bonheur que pour notre accablement.

Aujourd'hui, les savants refusent de croire en une seule souche commune, originelle, de tous les êtres vivants. La faune, la flore étaient il y a quatre cents millions d'années dans leurs grandes lignes, à quelques embranchements près, ce qu'elles sont aujourd'hui. Mais au-delà, on ne peut rien dire car aucune fossilisation n'est plus possible. Il importe peu à la genèse divine du monde que tous les vivants soient issus de plusieurs germes ou d'un seul germe puisqu'il faut, dans un cas comme dans l'autre, recourir à l'acte transcendant du Créateur.

L'évolution de ce monde est d'autant plus grandiose qu'à travers les millénaires on suit une démarche vers l'homme et son couronnement.

Saint Augustin, dans ses *Commentaires* sur le début de la Bible, écrit : « Selon moi, Dieu, à l'origine, a créé tous les êtres à la fois, les uns réellement, les autres dans leur principe. Il a déposé des énergies comme un germe dans le sein de la nature au moment de la création.

« Dans la graine d'un arbre se trouve réuni tout ce qui doit se développer par la suite. Nous devons nous représenter le monde ainsi. Au moment où Dieu créa d'un coup toutes choses, le monde contenait du même coup tout ce que la terre a produit. »

On peut donc rester bon chrétien tout en croyant à l'évolution des êtres vivants. En revanche, il nous est interdit de proclamer, à la suite des matérialistes, que la matière existe par elle-même.

Le récit de la Genèse, que nous entendons dans la nuit pascale, ne devient pas forcément le codex scientifique de l'humanité. C'est un poème qui invite le peuple à acclamer Yahvé, auteur, ordonnateur et conservateur de toutes choses. Pour repousser l'idolâtrie, le chant rappelle que toute créature a sa raison d'être dans une cause supérieure, que cette créature est destinée à servir l'homme, chef-d'œuvre de la création, et non pas à être servie par l'homme.

En abordant la lecture de ces premières pages de la Bible, il faut distinguer la vérité historique du revêtement littéraire et ne pas oublier que les images y sont empruntées au folklore du temps, aux traditions et aux légendes des peuples d'Assyrie et de Babylone. Retenons uniquement l'enseignement dogmatique et moral : Dieu est. Il est Tout-Puissant. Il est infiniment sage puisqu'Il distingue et ordonne tous les éléments du monde et place chaque vivant dans le milieu qui doit lui convenir. C'est à l'homme qu'Il demande l'adoration puisqu'Il l'a créé à son image et ressemblance et l'a établi maître sur le monde.

La foi ne se situe ni en accord ni en désaccord avec les données du savoir.

La science a constaté que la lumière est un fluide indépendant des corps lumineux ; l'Écriture signale l'apparition de la lumière avant l'apparition des astres. La science nous représente le globe primitif noyé dans les eaux à l'état liquide et vaporeux ; l'Écriture nous parle des eaux d'en bas et des eaux d'en haut. La science nous enseigne que la vie a été précédée d'une période de mort ; l'Écriture place au troisième rang l'apparition de la vie.

L'Écriture nous enseigne que Dieu a divisé en trois époques la production de la vie ; la science dit que l'homme est venu vers les derniers temps prendre possession de son royal domaine. L'Écriture nous raconte en dernier la création de l'homme comme l'apothéose de l'œuvre de Dieu ; la science affirme que l'homme n'apparaît qu'à la période quaternaire.

Nous connaissons tous, pour les avoir visitées dans telle ou telle région, les peintures et les sculptures des cavernes d'Europe laissées par l'homme à l'âge du renne.

La vie n'est pas un bien détachable de la création divine et confiscable par l'homme. Nous devons rechercher les intentions de Dieu et remplir la fonction qu'il nous a assignée dans son plan créateur. Notre vie actuelle, et nous le savons bien, est provisoire. Il nous faut la perdre pour enfin accéder à la vie qui ne finit pas.

« A la source de notre univers, écrit Robert Guely dans son livre *Vie de foi et tâches terrestres,* est Quelqu'un, Quelqu'un qui aime et qui, par amour, donne à tout ce qui est sa réalité. La matière inerte ne subsiste que par cette vivante conscience qui la veut. Le monde est pour le croyant un mystère dont la clef est un secret d'affection. L'univers, il est à quelqu'un, il est par quelqu'un, il va vers quelqu'un.

« Cette active présence dans tout ce qui existe est pour nous le fruit et le signe. C'est aussi celle qui explique les événements du Golgotha : le monde a la même origine que le Fils de Marie. Son histoire relève du mouvement d'affection qui, en se déployant, nous a donné le Christ, le Dieu qui crée et le Dieu qui se donne à son art. « C'est pour cette communion qu'Il l'a voulu. Et j'insiste d'autant plus que je puis dire sans me faire illusion et en toute vérité au soir de ma vie : J'ai toujours senti auprès de moi cet amour infini qui me dépassait et qui m'a tellement indiqué, aux prises avec toutes les difficultés que j'ai rencontrées, le chemin que je devais suivre. »

Le problème de la vie n'est pas simple, mais ce qui est capital ce n'est pas seulement de confesser l'existence de Dieu, c'est de vivre en communion intime avec lui. Même dans nos ténèbres d'ici-bas, une certaine lumière est déjà révélatrice du bonheur qui nous attend.

Ceux qui médisent de la vie ne l'ont pas comprise. Elle n'est qu'un temps d'épreuve, qu'un passage pour nous permettre de collaborer à l'œuvre créatrice et rédemptrice de Dieu. Alors seulement notre vie prend tout son sens. Mais soyons toujours persuadés que tant par ses origines que par sa fin elle ne nous appartient pas car elle se rattache à un principe d'éternité.

J'ai fréquenté, fort heureusement pour moi, tous les milieux chrétiens, et je dois dire que, si j'ai tenu à insister sur cette vie qui est la nôtre, c'est que j'ai toujours déploré chez beaucoup de nos catholiques la petite idée qu'ils s'entêtaient à garder.

Ils subissent leurs épreuves par devoir mais négligent de les offrir. Ils jugent toujours très sévèrement les pêcheurs et ils citent avec émerveillement la parabole de l'Enfant prodigue. Ils sont tellement conscients de tout ce que Dieu leur impose en morale qu'ils oublient tout simplement de vivre et d'être accueillants envers ceux qui les côtoient.

Ils tiennent à rester dans les brancards pour ne pas se tromper de chemin. On ne peut donc leur demander de prendre des initiatives qui leur permettraient de découvrir ce que les autres sont en droit d'attendre d'eux.

Ce qui est vrai pour de nombreux catholiques est tout aussi valable, et bien plus encore, pour ceux qui sont entre les mains d'un parti et veulent lui être fidèles surtout parce qu'ils ne vivent que d'après ses slogans. L'homme qui, ainsi, se réduit à l'état de robot, ne connaîtra jamais ses dimensions réelles. Il restera un instrument docile utilisé par d'autres au mieux des circonstances.

C'est, malheureusement, ce qui explique l'aveuglement des foules, la bêtise des uns et la cruauté des autres.

Dans *Les Mémoires d'un juré,* André Gide
raconte cette scène caractéristique du monde
ordinaire : des voyageurs, dans un compartiment,
abordent le sujet de la criminalité. Aussitôt les
passions se déchaînent, à tel point qu'un brave
homme, rouge d'indignation, considérant que
bagne et guillotine ne sont que châtiments trop
légers, en imagine un autre : « Le meilleur moyen
de leur faire connaître le repentir (il parle des
criminels) c'est de les mettre à pomper au fond
d'une fosse qui s'emplit d'eau : l'eau monte
quand ils cessent de pomper... Ainsi ils y sont
bien forcés... »

On alléguera peut-être que ce récit date de plus
de soixante ans, c'est vrai, mais aujourd'hui, si
les braves gens ont moins d'imagination, ils souhaitent pourtant que l'on rétablisse, devant la
violence qui les entoure, la peine du talion et,
pour une fois, ce sont bien souvent les intégristes
eux-mêmes qui parlent d'œcuménisme.

J'ai entendu dernièrement certaines bonnes
âmes parler avec animation de l'ayatollah Kho-
meiny, non pas qu'elles désiraient porter le « cha-
dor », mais elles souhaitaient voir fouetter en
public les jeunes casseurs. Et elles ajoutaient avec
une certaine naïveté : « Soyez certain qu'ensuite
ils n'oseraient plus se montrer ! »

Revenons plus sérieusement à la peine de
mort. Elle ne date pas de nos jours. Victor Hugo
prônait son abolition. Aristide Briand également,
et même Clemenceau, ne se comportant pas, pour

une fois, comme un tigre. S'il y a un débat à l'Assemblée, Mitterrand rappellera la position de son parti car déjà Vincent Auriol, lorsqu'il était jeune avocat, lutta contre la peine de mort. Lors d'une visite que je lui rendis en 1947, alors que trente-deux condamnés attendaient dans les chaînes, je lui rappelai sa position de naguère. Je reconnais qu'il me répondit avec un beau sourire : « Quand j'étais jeune avocat, vous étiez bien plus jeune et vous ne m'avez certainement pas entendu. » Je rétorquai : « C'est exact, mais lorsqu'un homme est à la place que vous occupez on se renseigne sur son passé, et je sais que vous faites aujourd'hui ce que vous condamniez hier. »

J'aime d'autant plus à me souvenir de cette réplique qu'elle me permet aujourd'hui de l'adresser avec sévérité à ces politiciens de gauche qui oublient avec tant de facilité leurs exactions, leurs meurtres au lendemain de la Libération, et qui deviennent pour leurs électeurs les apôtres de l'abolition de la peine de mort. C'est d'autant plus inadmissible que, par ailleurs, ils ne cessent d'entretenir la haine et de ruiner notre société pour imposer la leur.

On signalera qu'à la libération de Paris la guerre n'était pas encore terminée mais, maintenant, ne sommes-nous pas en face de l'immense conflit de deux religions ?

Autrefois l'athéisme s'inscrivait dans le champ traditionnel de la culture européenne, il exprimait en somme la rivalité de l'homme avec un Dieu qui lui volait ses valeurs, sa liberté. Croyants et athées se disputaient le même empire : les croyants plaidaient pour Dieu, les athées plaidaient pour l'homme. Mais voilà que le débat s'inverse. Pour la première fois apparaît un athéisme radical qui ne perd pas son temps à contester Dieu mais qui, en s'attaquant à l'homme lui-même, supprime la possibilité de l'image d'un Dieu reflet et garant du sujet personnel.

« Dans le plus froid avare, écrivait Claudel, au centre de la prostituée et du plus sale ivrogne, il y a une âme immortelle saintement occupée à respirer et qui, exclue du jour, pratique l'adoration nocturne. » Et c'est Conrad qui remarquait que « dans le plus sombre pirate il existe un refuge d'innocence accessible seulement à une innocence correspondante ».

Mgr Seltz, le dernier évêque français au Viêtnam, écrit dans son livre, *Le Temps des chiens muets* : « J'ai trop vu les hommes, les mères, les enfants, les pauvres et les innocents mourir autour de moi... Je sais par expérience que ce n'est ni par la violence ni par les armes que seront résolus les problèmes de notre temps, qui ont leurs racines dans cet athéisme, ce matérialisme qui nous rongent.

« Ils n'auront leur solution que dans la redécouverte de la dimension spirituelle de l'homme, dans la reconnaissance du Christ comme seul Rédempteur, seul Libérateur. »

Je connaissais bien M° Naud. J'ai été avec lui dans des débats contre la peine de mort. Son livre, *Les défendre tous,* est d'un intérêt passionnant et il a bien raison de souligner : « Je les ai aimés tous. J'ai fait corps avec eux. »

Ceci est tellement exact. J'ai vécu moi aussi cet instant où l'on devine en ces criminels « l'autre » car, malgré leurs bassesses, leurs nostalgies à jamais stériles, crépitent en eux leurs étincelles divines.

Résistant, M° Naud aurait tué Laval. Devenu son défenseur, il écrit son supplice d'une plume cinglante et affirme que ce procès restera une honte pour notre histoire.

A propos de certains procès, il parle de loterie et, surtout, il insiste pour démontrer que, lorsque dix années se sont écoulées, on ne tue plus le même homme qu'on a condamné. Dieu seul sait si j'ai eu l'occasion de m'en rendre compte.

Bien souvent les partisans de la peine de mort répliquent : « Mais si l'un des vôtres avait été assassiné, parleriez-vous de la même façon ? » Or, dans *Le Monde* du 25 octobre 1978, paraissait un article remarquable d'Arthur Paecht intitulé « Se protéger, non se venger », où il était écrit :

« Les circonstances dramatiques de ma vie ont fait que très tôt, à l'âge où d'autres jouent encore aux billes, j'ai été amené à réfléchir sur le problème de la peine de mort. Si après l'assassinat de mes parents j'ai moi-même aussi rêvé d'assouvir ma vengeance, très rapidement j'ai été amené à maîtriser cette obsession et à lui substituer une réflexion plus propice à changer en bien les rapports entre les hommes.

« Très jeune encore, j'ai assisté à une pendaison, puis quelques mois après à la salve d'un peloton d'exécution, et je n'ai plus besoin du spectacle de la guillotine pour être certain de mon aversion profonde pour cette forme de justice qui, en définitive, *ne résout rien.* »

Et plus loin : « ... Si on considère notre ignorance totale et entière de " l'après mort ", il n'apparaît pas supportable de conserver la pratique de la peine capitale. »

Pendant des années, j'ai été en rapport avec le président Chazal, le grand responsable au tribunal des mineurs à Paris. Il se comportait avec eux tous comme le meilleur des pères car il savait être à l'écoute de l'âme humaine. Il a publié un très beau livre, *Les Magistrats.* Et c'est là que j'ai appris qu'il avait envoyé à l'échafaud, alors qu'il était procureur de la République à Nevers, un journalier agricole d'une cinquantaine d'années qui, après avoir assassiné sa patronne, lui avait dérobé ses économies et avait violé son cadavre. Plus tard, le président Chazal ressentit des scrupules et il écrit : « C'est à notre condition d'êtres civilisés, devenus tels parce qu'ils ont sans cesse poursuivi une recherche inquiète du progrès de l'homme sur lui-même. » Et il en vient à refuser le meurtre légal d'un assassin. « Il y a, précise-t-il, un préalable en dehors de toute discussion sur la peine de mort. Chacun en soi reconnaît ou ne reconnaît pas le droit de tuer légalement un assassin. Ce droit, je me le suis en conscience contesté et, au fil des années, ma conviction s'est fortifiée... car on ne peut envoyer un homme à l'échafaud au motif que l'on a l'intime conviction de sa responsabilité personnelle... et il ne faut pas oublier que l'homme que l'on va tuer légalement a pu devenir un être différent de l'homme qui a tué. »

M. Alain Peyrefitte a, dans sa jeunesse, écrit *Le Mythe de Pénélope*. Il était, dès cette époque, contre la peine de mort. Il entreprend actuellement une grande réforme dans le but d'atteindre une Justice plus ouverte. La réforme de l'École de la magistrature sera profondément modifiée. Des stages auprès des cours et des tribunaux permettront aux étudiants d'être enfin dans la vivante réalité judiciaire.

On envisage la suppression de la peine de mort mais à condition de prendre de très grandes précautions. Et le garde des Sceaux questionne : « Juge-t-on un acte, ou un homme ? La prise en considération de la psychologie d'un individu, l'objectif de sa résinsertion sociale ont marqué un progrès dans l'étude du problème de la sanction pénale. Mais nombre de magistrats reconnaissent eux-mêmes qu'on est allé trop loin dans les réactions aux pratiques antérieures. On a parfois négligé la défense de la société au profit de la noble mission de tenter de sauver un homme. »

Je n'oublierai jamais, lors d'une signature aux Écrivains catholiques, un homme qui se présenta à moi comme le père du petit Emmanuel, gamin assassiné en 1967 dans les bois près de Versailles. J'ai toujours gardé l'image-souvenir qu'il me donna. Elle reproduit un dessin que le jeune garçon avait fait quelques jours avant sa mort et porte ces mots : « Je suis prêt. »

Je fus très ému d'être en présence d'un homme qui avait subi une si affreuse douleur et qui, depuis, s'intéressait à tout ce qui concernait la délinquance. Il était sans haine mais, visiblement, il cherchait à comprendre le drame terrible qui avait bouleversé sa vie.

Or, j'ai lu ceci il y a peu : « On peut s'interroger sur le chagrin, sur la douloureuse colère de cette famille de Versailles qui, en 1967, a perdu son enfant. L'auteur du rapt, un adolescent habitant une maison voisine, tua le petit Emmanuel dans la forêt et fit durer l'odieux suspens des recherches en réclamant une rançon. Arrêté, jugé en 1970, condamné à treize ans de prison ferme, il a été remis en liberté en 1975. Sans complexe, sa propre famille n'a pas déménagé et, chaque jour, le coupable passe, sans émotion apparente, devant la maison de sa victime. »

C'est bien là où je ne suis pas d'accord. Ces jugements n'ont plus aucune valeur si l'on peut en briser si rapidement la portée. Le malaise est grand et il est difficile de se faire entendre des honnêtes gens. Il serait grand temps que l'on remédie à des situations pareilles, que l'on veille à ce que les victimes ne soient pas bafouées comme dans cet exemple.

Pour moi, qui ai été amené à embrasser tant de criminels, j'ai été le premier scandalisé quand j'ai vu une femme juge d'instruction serrer dans ses bras avec effusion Patrick Henry [1] après un verdict qui avait surpris tout le monde... Et elle a osé faire ce geste en présence des parents de la jeune victime.

« Vivons-nous dans un autre monde ? » comme le demande, à sa façon, Bernard-Henry Lévy dans son livre *La Barbarie à visage humain*. Ainsi qu'il le propose très justement, n'est-ce pas le moment, devant cette morne lâcheté générale, de faire face avec courage et force ?

Quand un homme est condamné à dix ou quinze ans pour un crime prémédité, qu'il ne soit plus question de remise de peine et encore moins de permissions. Si l'on veut détruire l'angoisse qui nous tient tous et qui trouble notre Justice, voilà les premières règles à établir.

---

1. Assassin d'un jeune enfant ami de la famille (le drame de Troyes).

Sans doute, et le fameux Mesrine s'est bien chargé de nous le démontrer, on ne peut garder un homme dix, quinze et vingt ans entre quatre murs de béton sans qu'il ne devienne un fauve dangereux.

Alors, soyons logiques. Si ces hommes déchaînés ne veulent plus de notre société, pourquoi hésiter à nous séparer d'eux longtemps, et parfois définitivement ? On parle beaucoup actuellement de « peine de sûreté ». On a raison. Mais, puisque certains sénateurs réclament déjà des « assouplissements », rappelons-nous qu'abolir la peine de mort exigera, en contrepartie, un régime pénitentiaire sévère et efficace.

On a, dans les années 50, supprimé le bagne. M. Hourcq, directeur régional de Paris, m'en a entretenu et m'a fait part, à l'époque, de ses impressions. Après cent ans d'utilisation de Cayenne, des îles du Diable et de l'île Royale, l'administration pénitentiaire a échoué complètement. Je reprendrai ici les mots mêmes d'Alexis Danan dans son livre, *Cayenne* : « C'était, dit-il, une entreprise hardie, intelligente et généreuse même, car il n'y a en effet de régénération possible pour le criminel que par le travail et spécialement par le travail agricole. Mais il y fallait un programme et des méthodes propres à intéresser le forçat lui-même à l'œuvre engagée. »

Aujourd'hui, j'apprends qu'un député R.P.R. de l'Indre, M. Aurillac, a déposé un projet pour l'installation d'un bagne aux îles Kerguelen. En fait, le projet parle de la « transportation pénale, régime particulier exécuté dans les terres australes et antarctiques », au nord du soixantième parallèle, en un lieu ne comportant aucune population permanente. Ce voyage serait « offert » au minimum pour quinze ans.

Comme ces îles sont situées au sud de Madagascar, en plein océan Indien, elles paraissent d'un climat analogue à celui de la Norvège. L'été et l'hiver y sont inversés par rapport à nos pays puisqu'elles se trouvent dans l'hémisphère Sud. Dès lors, on peut y pratiquer l'élevage et les cultures maraîchères.

Je souhaite vraiment que ce projet soit retenu. Je me permets de préciser toutefois que la surveillance devrait uniquement dépendre de la gendarmerie dont on renouvellerait les membres, alors que l'entreprise agricole serait entre les mains de spécialistes. Devant se suffire à elle-même, de part l'éloignement, on y installerait les ateliers nécessaires, ce qui permettrait d'intéresser plus d'individus.

Si le bagne a échoué jadis, c'est qu'il supportait trop de compromissions, que le travail imposé était au-dessus des forces humaines, le plus souvent inutile, et que l'on fermait volontairement les yeux sur la prostitution.

Une fois de plus, si je reconnais être contre la peine de mort, c'est que j'entends poursuivre la rédemption de tous. Nous devons respecter la vie, ne pas détruire un homme, encore moins

l'abîmer ; mais nous devons inciter les criminels
à expier leurs forfaits et à réparer le mal qu'ils
ont fait aux familles de leurs victimes.

Ils ne pourront y parvenir que dans le silence,
le dur travail, la discipline stricte et, je l'espère
finalement, dans une réelle offrande.

# EN GUISE DE CONCLUSION

Sans pour autant être enfermés dans une prison, ne sommes-nous pas trop souvent enchaînés par nos passions : celle de l'orgueil qui nous aveugle, qui paralyse tout contact vraiment humain ; celle de l'argent, racine de tant de maux et de crimes par les désirs pernicieux qu'elle inspire ; enfin celle de la chair, remarquable facteur d'équilibre ou de lamentable déséquilibre. Et ces chaînes que nous nous forgeons font de Dieu un impossible gêneur.

Ceux mêmes qui protestent contre les murs étouffants des cellules, de ces cages qui transforment les hommes en bêtes sauvages, sont les premiers à dresser sans cesse entre les hommes des obstacles insurmontables faits d'indifférence, d'opposition et de haine. Ainsi, ce sont les partisans de l'abolition de la peine de mort qui défendent l'avortement, qui célèbrent le suicide et refusent le réel mystère de la vie.

Par ailleurs, dans ce monde agité qui se précipite vers les jouissances de toutes sortes, on ne compte plus les vieux parents abandonnés par les leurs, les jeunes foyers désunis après les premiers mois d'un bonheur qui ne reposait sur rien de solide, les parents dont les enfants se détachent en méprisant leurs conseils. Tel qui entendait donner des leçons à tout le monde entretenait plusieurs maîtresses, tel autre qui a échappé à un attentat jouait des millions à des tables de jeu. Cette femme qui, ostensiblement, se dépensait dans les bonnes œuvres et rayonnait de charité, est impitoyable avec ses subordonnés. Cette autre, si charmante d'apparence, était un monstre de duplicité.


En présence de ce monde qui juge avec d'autant plus de sévérité qu'il est corrompu et qu'il ne cesse d'accuser les autres, se dresse le Christ qui, de sa haute voix sereine, demande : « Que ceux qui sont sans péché jettent la première pierre. »

Nous sommes tous pécheurs et le monde plus que jamais a besoin de Rédemption. La croix n'a été, comme le précise Jésus lui-même, que l'accomplissement de tout ce qui fut écrit par les prophètes, ces prophètes qui, de leur temps, ont dénoncé l'idolâtrie, le formalisme, la recherche du salut par les armes...

Ne devons-nous pas, nous, de nos jours, dénoncer les idoles, le formalisme et la violence ?

La foi d'Israël fut spécialement menacée lors

de la prise de Jérusalem et l'exil. Israël faillit attribuer son sort à l'impuissance de Yahvé et se tourner vers les dieux de Babylone victorieuse.

De nos jours, si tant de jeunes refusent le Dieu d'amour, ne se tournent-ils pas vers les dieux du socialisme marxiste ?

Les prophètes proclament alors tout ce qu'est le Dieu d'Israël, mais Israël n'écoute pas car parmi les prophètes il y a de faux prophètes.

De nos jours, les faux prophètes, hélas ! ne manquent pas. Ils sont légion.

Israël n'écoute pas car la véritable difficulté se trouve dans l'exigence de la foi en raison de son contenu, de son objet et surtout de la fidélité qu'il réclame. Devant cet écueil, ces échecs, les prophètes révisent leur façon d'agir.

De nos jours, il faut, avec passion, faire entendre dans le monde le message divin.


N'oublions jamais, nous dont la foi est si souvent partagée, que c'est dans le groupe des pauvres, des simples, des humbles, que l'Éternel a choisi Jean-Baptiste et la Vierge Marie. Alors, tout s'éclaire : le Messie tant attendu paraît.

Jamais homme n'a parlé comme Lui. Il rassemble des foules immenses, refuse de répondre à leurs sollicitations, fuit les honneurs, démasque l'hypocrisie, renverse les valeurs. Et Il monte à Jérusalem pour y être bafoué et crucifié. Il va jusqu'à la mort pour recevoir, dans cette humanité mortelle qu'Il a acceptée par amour de son Père, la vraie vie, la joie, la plénitude de la vie.

Le Christ est vie, et cette vie Il va la donner à tous ceux qui consentiront à refaire avec Lui le même cheminement douloureux parce qu'Il nous oblige à vaincre l'apparence.

Le christianisme prend l'homme tel qu'il est : blessé par le péché, faible, velléitaire et parfois misérable. Sur ce donné humain, l'Église greffe une vie supérieure, divine. Elle la développe, la soutient, la guérit et favorise son plein épanouissement.

J'ai été souvent émerveillé de ce que Dieu pouvait faire dans une âme qui s'ouvrait à Lui...

Et de tout temps il en fut ainsi :

Esprit de force : Il terrasse Paul sur le chemin de Damas qui entraîne à sa suite des milliers de païens.

Esprit de sagesse et d'intelligence : Il attire un Augustin aux prédications d'Ambroise sur les prières de Monique.

Esprit de lumière : Il inspire une Jeanne d'Arc.

Esprit de crainte de Dieu : Il conduit une Louise de La Vallière au cloître, un Charles de Foucauld au désert.

Esprit de science : Il travaille un Newman, Il éveille un Claudel.

Nous vivons, à l'heure présente, dans un monde qui s'interroge, mais souvenons-nous que chaque homme doit choisir lui-même son destin.

Sans doute, nous nous trouvons dans l'existence avant d'en avoir conscience. Et bien des hommes passent leur vie comme des aveugles tâtant les parois et menés par leurs désirs immédiats, organiques ou sentimentaux. Au cœur de leur âme, il existe un abîme inexploré sur lequel ils se penchent parfois avec inquiétude et effroi, mais où ils refusent obstinément de descendre, obsédés qu'ils sont par leurs besoins.

L'homme croit que le réel est ce qu'il connaît et que tout ce qui existe n'existe que par lui. Il se considère donc comme le centre de tout, et son intelligence est pour lui la seule mesure des choses. Cependant, quand après avoir tout prévu et bien préparé son jeu une circonstance survient et déjoue les prévisions, alors il se prétend frustré et proclame que la vie ne lui a pas apporté ce qu'il en attendait.

L'homme est aujourd'hui pris en charge par la société. Tout lui est conseillé, signalé, indiqué : leçon qu'il doit retenir, chemin qu'il doit suivre, image dont il doit se souvenir. Finalement, il en arrive à réfléchir de moins en moins. Il préfère se laisser téléguider comme un robot, et il devient esclave. Avec les merveilleux outils que la technique nous a mis en main, nous n'avons jamais été aussi privés d'humain, au point que nombreux sont ceux qui se demandent ce qu'ils font sur cette terre.

Comme l'a montré le Père de Lubac dans *Le Drame de l'humanisme athée,* là où il n'y a pas Dieu il n'y a pas d'homme non plus. En réalité, il n'y a plus d'homme parce qu'il n'y a plus rien qui dépasse l'homme.

En fait, il s'agit pour nous tous de recevoir la Vérité et non de la forger nous-mêmes. Notre vie, toute notre vie est une suite de choix et au milieu de tous ces choix un seul nous est nécessaire : suivre Celui qui est venu nous révéler le véritable Amour.

La lumière de Dieu qui « brille en nos cœurs », comme le précise saint Paul, brille en faveur de la connaissance du Fils, mais aussi par Lui qui, en mourant dans le monde de la mort divine d'amour et en chassant par son expiation les ténèbres des cœurs, rend possible son rayonnement.

Jésus a vécu notre vie d'homme. Jésus est mort puisque la Rédemption était à ce prix.

Néanmoins, derrière sa vie et sa mort, quelque chose dépasse la vie et la mort au sens courant de ces mots. En Jésus il y avait une plénitude infinie qui lui permettait d'être à la fois tout semblable à nous et tout autre que nous, de partager notre sort mais en le transformant de manière à enlever à notre vie et à notre mort leur aiguillon.

Comme l'a si bien précisé Karl Rahner dans *L'Homme au miroir de l'année chrétienne,* « le flux du temps a beau être fait de vagues qui grossissent l'une après l'autre pour s'effacer ensuite comme si elles n'avaient pas été, chacune d'elles porte à son faîte quelque chose qui va lui échapper, quelque chose qu'elle n'entraînera pas avec elle dans le gouffre vide et lugubre du passé. Oui, dans cette morne succession d'instants qui forme le cours du temps, palpite mystérieusement une valeur éternelle : le bien et le mal ». Et plus loin, il précise : « Seul le retour au bien, le repentir, peut transformer en bien ce que la malice du cœur (mais non le temps, ni rien de transitoire) est encore capable de flétrir la beauté secrète du bien qui s'y trouve... Tel est le sens de la vie humaine : une barque qui cingle, sur l'océan du temps, vers l'éternité. »

Dieu nous appelle tous à la vraie vie. Chez l'homme, le corps tient sa vie de l'âme. C'est ce qui nous distingue de l'âne et du bœuf. Sa vie lui vient de l'âme comme un arc de feu, précise saint Augustin, cet arc de feu, c'est la grâce. Si bien que l'homme croyant, tout entier corps et âme, vit de Dieu, et c'est là la vraie, la sainte immortalité.

L'homme, par le fond même de son être, doit pour ainsi dire se brancher sur Dieu et puiser la vie de Lui. Il doit vivre d'en haut et non pas d'en bas. Quand le péché intervient, l'homme retombe sur lui-même. L'âme indestructible subsiste, le corps aussi puisqu'il abrite l'âme, mais l'âme est morte, incapable de donner la vie, de rayonner. C'est ce qui explique le désordre et le chaos de la vie des hommes.

En Jésus, l'arc de feu est divinement pur et fort, en Lui c'est l'Esprit d'amour en plénitude ; n'oublions pas que le Verbe, selon saint Jean, est entré comme une Lumière entre les ténèbres, et quand le Christ a été transfiguré, c'était le prodrome lumineux de la Résurrection. Pour nous aussi, il est vrai de dire qu'illuminée par l'Esprit d'amour notre vie d'homme alors sera tout autre. Dès ici-bas nous serons transfigurés.

Toutes ces phrases ne sont pas seulement des mots car je ne suis en rien un mystique, mais j'ai vu, j'ai observé et je me dois de témoigner.

Tous ceux qui ont fait de la montagne savent très bien qu'elle nous prend par ce qu'il y a de meilleur en nous car, pour utiliser le mot de Pascal, si l'homme est un mystère de faiblesse, il est aussi un mystère de grandeur. La montagne nous grandit car elle nous oblige au dépassement, à la discipline, à l'ascèse. Mais quand nous parvenons enfin au sommet, à ce sommet arraché de haute lutte, quelle joie d'embrasser l'ensemble des cimes, et surtout de se laisser éblouir par la somptuosité de la lumière.

Pour nous, chrétiens, toute montée spirituelle exige un chemin semblable fait d'efforts, de renoncement, mais il nous conduit inévitablement à une véritable transfiguration.

Ainsi est la vie, mais quelle est notre raison de vivre, de vivre quotidiennement nos peines, nos bonheurs ? Il faut travailler, lutter contre la maladie et les chagrins, mais aussi savoir se réjouir du sourire d'un enfant ou de la joie d'une belle œuvre réussie.

A vrai dire, la vie est faite de contrastes, mais ces contrastes ne sont plus que des apparences dès qu'un principe d'Unité en relie les phases les plus diverses. C'est ce principe d'unité qui est la raison de vivre. Ceux qui médisent de la vie ne l'ont pas compris. Le chrétien ne peut que le bénir puisqu'il sait qu'il vit pour accomplir une destinée et qu'il prend part dès maintenant à l'exécution d'une œuvre éternelle.

Le don de Dieu ! La vie qui vient de Dieu, c'est une vie toujours neuve. C'est la source. Le Christ prend notre vie pour l'unir à la Sienne, pour la transformer dans ce courant extraordinaire qu'Il dirige.

Comprenons-nous le don de Dieu ? Lorsque Dieu donne, Il donne infiniment, indéfiniment. Il ne reprend pas ce qu'Il donne.

En recevant Jésus, en nous unissant à Lui, nous sommes, comme le précise saint Jean, deve-

5

nus Fils de Dieu. Nous n'en avons pas que le nom, nous le sommes. Jésus seul donne l'eau jaillissante à ce monde qui a une si grande soif de tout.

« Tu n'auras plus soif. » En fait, près de Jésus, notre raison n'est plus agressive : elle cesse de demander des comptes à la divinité car notre orgueil disparaît en face du Fils de l'Homme qui a partagé notre vie. Près de Jésus, nous pouvons déposer enfin le lourd fardeau de nos péchés et nous relever assurés du pardon divin ; alors notre courage renaît et nous marchons dans la lumière.

Pour que tout change, il faut que notre cœur devienne autre. Il faut qu'il s'attendrisse, que l'âme s'ouvre à la justice ; alors le regard aussi s'ouvre et commence à voir.

Le Christ nous a ouvert les yeux, le Christ est le Fils du Dieu fait homme. Il est la révélation vivante du Dieu caché. Celui qui le voit voit le Père. Il est la lumière. Ce n'est pas une philosophie, une idéologie : c'est son regard qui nous manifeste l'amour de son Père. Il nous emporte dans son regard et nous donne ce regard.

Saint Augustin regardant la croix et les deux brigands qui entourent Jésus prête au bon larron cette réponse : « Non, je n'ai pas étudié les Écritures, non, je n'ai pas médité les prophètes, mais Jésus m'a regardé et dans son regard j'ai tout compris. » Ce fut vrai pour François d'Assise, pour Charles de Foucauld, pour le Père Ratisbonne et, comme je l'ai précisé bien des fois, ce fut vrai pour nombre de ceux que j'ai accompagnés à la mort. Mais aussi longtemps que nous persisterons à nous situer ailleurs qu'au pied de la croix, la réponse ne nous parviendra pas.

A vous tous qui êtes prisonniers, j'ai voulu vous adresser ce message. La terre engendre des enfants dont les aspirations sont sans mesure. Mais ce qu'elle leur donne est à la fois trop beau pour qu'ils en fassent fi et trop pauvre pour rassasier leur faim. C'est la source de tous les péchés du monde. Entendez leurs espoirs. Mais comptez le nombre des désespérés. Admirez l'activité créatrice, mais ne détournez pas les yeux de la servitude du plus grand nombre. Regardez comme ils sont grands à certaines heures et si misérables à d'autres.

Nous sommes sur cette terre, et nous sommes ces hommes-là. De nos jours la plupart se révoltent et croient pouvoir tout résoudre par la violence. Le choix est de fait implacable devant le mal : la révolte ou l'offrande.

Il faut que le cœur, rentrant en lui-même et retrouvant sa direction première, en vienne jusque dans l'abandon de tout le reste à ne plus désirer que l'unique volonté du Père de qui découle la vie. Alors, mais alors seulement, l'équilibre sera rétabli.

Ceux qui parlent de refaire la société ont raison ; mais tous leurs plans de réformes les condamnent sans cesse à un perpétuel recommencement. C'est le cœur des hommes qu'il faut changer, et les hommes livrés à eux-mêmes ne peuvent pas le faire. Seul Jésus-Christ se présente comme l'homme pour les autres et réalise l'absolu de l'Amour dont ne cesse de rêver l'humanité. Il ne nous arrête jamais à lui-même. Toute sa vie est un mouvement qui vient du Père et retourne au Père *via crucis*. Une courbe parabolique qui part du sein paternel, s'abaisse jusqu'au creux de la mort pour le service des hommes et remonte tout contre ce sein. Il le dit lui-même dans sa prière sacerdotale.

En fait, le but de la rédemption est de provoquer les hommes à parcourir ce sillage pour leur donner accès au Père et du même coup accès les uns aux autres.

C'est une force prodigieuse d'être ainsi animé par le Chef du Corps immense des Sauvés. On n'est qu'un membre infime de ce corps — pauvre et incertain — mais au milieu de toutes nos misères, nous qui vivons du Christ, nous sentons bien que c'est lui qui nous habite, nous façonne, nous change peu à peu en ce ressuscité que nous serons un jour.

Dieu, au milieu de nos chemins parfois si différents, ne cesse de poursuivre son œuvre d'amour. Nous qui avons vécu des heures si difficiles, effroyables même pour certains, nous ne

pouvons en douter. Derrière les barbelés, menacés comme des bêtes, méprisés, bafoués, nous
avons compris, mieux que dans tous les salons
du monde, ce que Dieu était vraiment pour nous.

Ne demeurez donc pas les prisonniers des
hommes, rejoignez-nous sur le chemin de la vie
tout baigné de lumière.

# TABLE DES MATIÈRES

Achevé d'imprimer
le 12 février 1980
sur les presses
de l'imprimerie Cino del Duca,
18, rue de Folin, à Biarritz.

N° d'édition : 10 605
N° d'impression : 827
Dépôt légal : 1ᵉʳ trimestre 1980